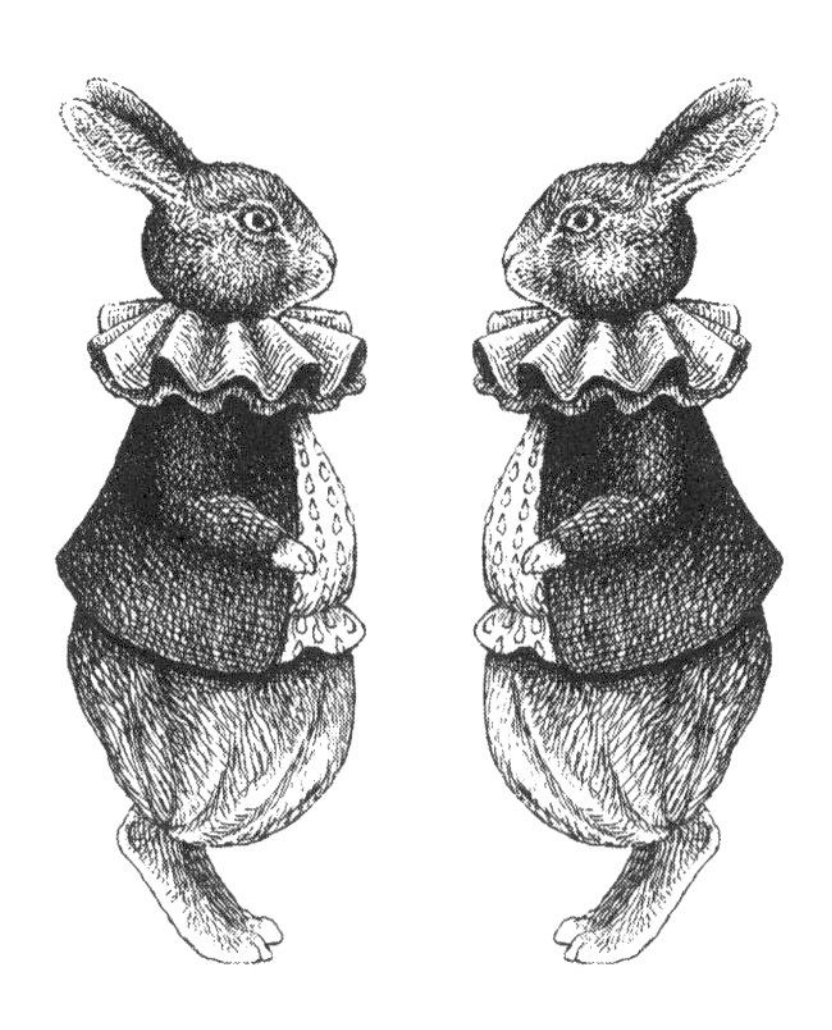

おくれてきたうさぎさんたちのおはなし　もくじ

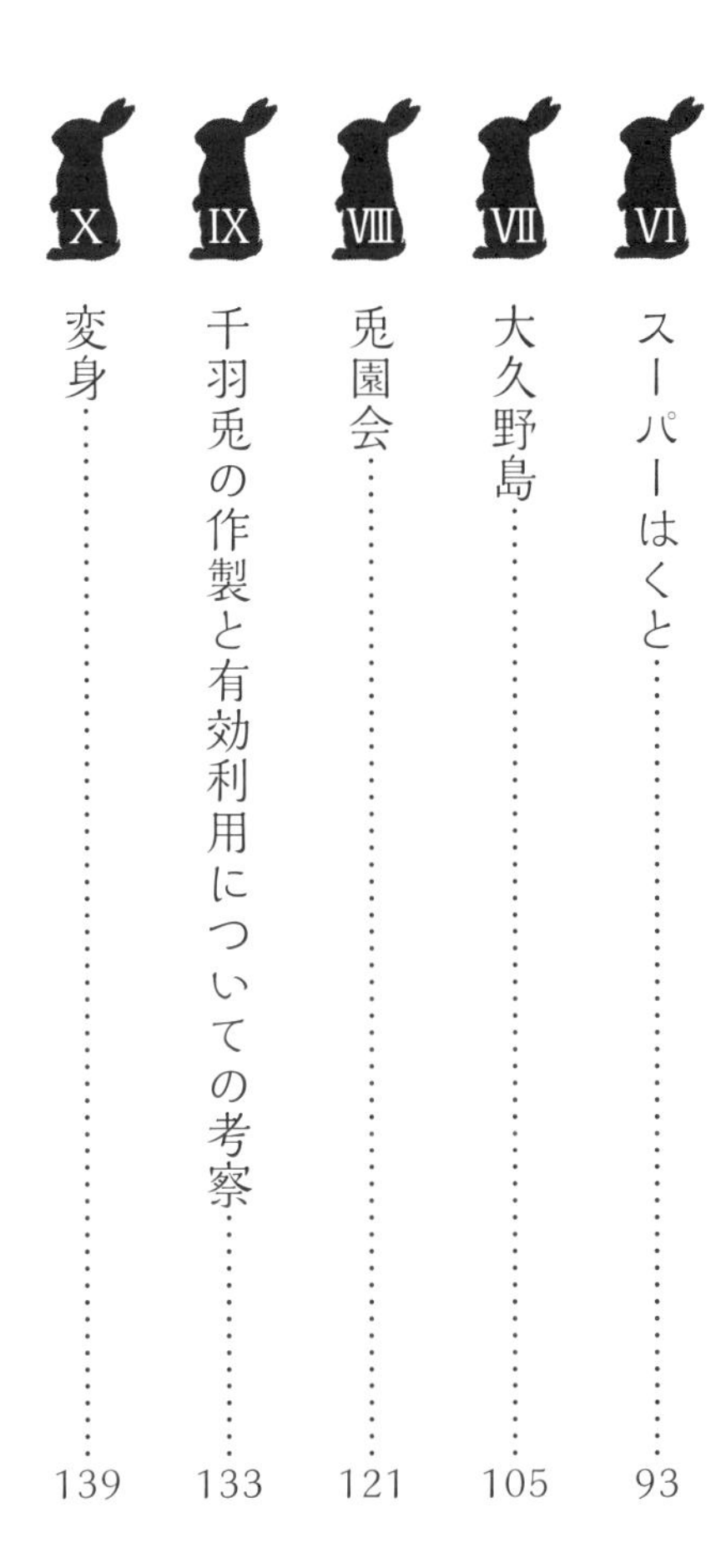

イラスト＊Ｎａｆｆｙ

# おくれてきたうさぎさんたちのおはなし

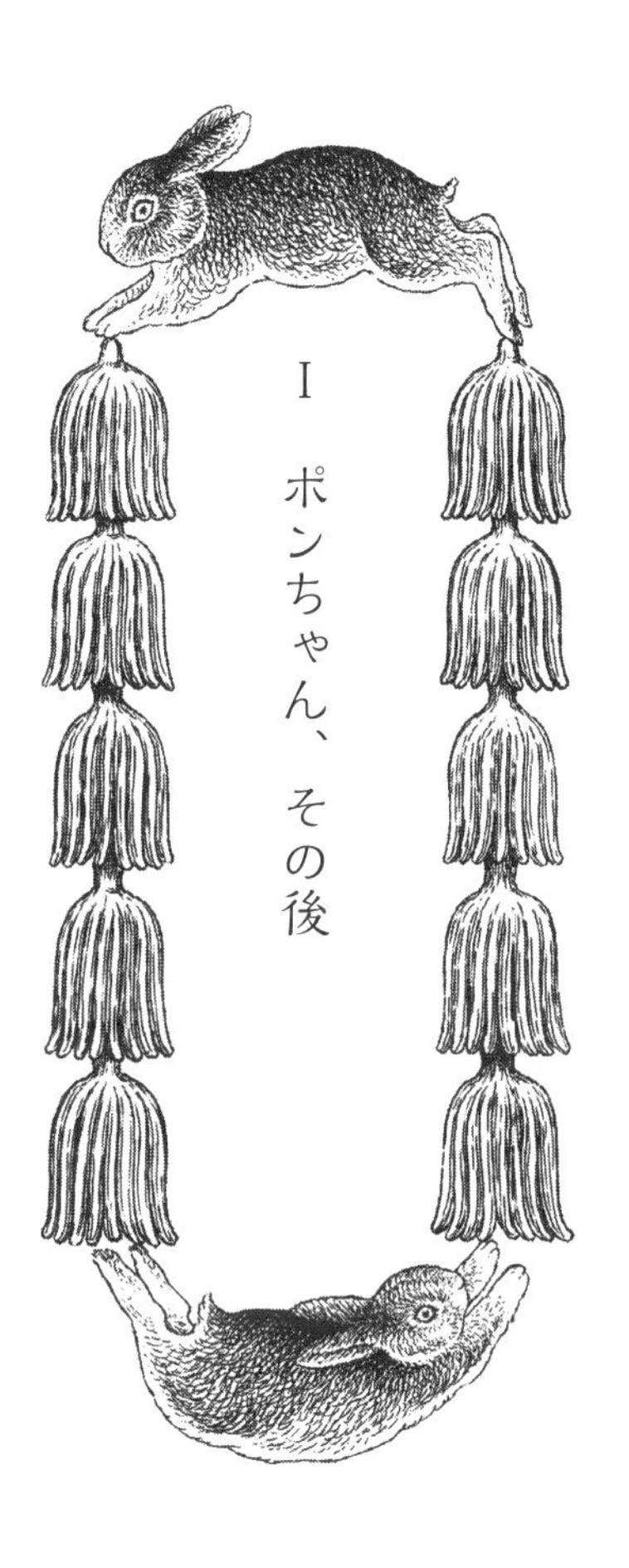

# Ⅰ　ポンちゃん、その後

私(わたし)はポンちゃん！　うさぎのぬいぐるみです。ご主人様(しゅじんさま)はタカシくん、いえ、タカシさん。

この家にやってきて、いったい何年になるでしょうか？　そういえば、この前タカシさんが八〇才(さい)になられたっていうんだから…私もそのくらいの歳(とし)になりますか？

三才(さい)になったばかりのタカシさんがプレゼントの箱(はこ)から私を取り出して、

「うわ！　うさちゃんだ!!」

と、いってギュッと抱(だ)きしめてくれました。その後しばらくは、私は〝うさちゃん〟や〝うさぎさん〟と呼(よ)ばれていました。そんなある日タカシさんが、

「お前の名前はポンちゃんだ！　今日からうさぎのポンちゃんだ!!」

って言いました。それで私はポンちゃんになったのでした。タカシさんは

幼いころ、私にべったりでした。どこへ行くにも私を連れていきました。お買い物にも、家族旅行にも…。タカシさんが幼児期によくやる粗雑な扱いも、私は愛情として受け止めました。そしてなにより、私にたくさんおはなしをしてくれました。なかには、タカシさんのお母さんにははなせないようなことも…。

　タカシさんが小学生の頃、私を洗ってくれたことがありました。それまで、タカシさんのお母さんが私を何度か洗ってくれていました。それにしてもあの時は危なかった！　もうちょっとで捨てられるところでしたからね。

　ある日、タカシさんが部屋の片付けをしていると、私をダンボール箱の中に入れました。それから私は何日か？　何年か？　わかりませんが、冬眠をすることになりました。私はうさぎのぬいぐるみですけれども、タカシさんはよく、

「クマの耳した、うさぎのポンちゃん！」

　と、私のことをからかいました。確かに私の耳は小さくてまんまるだから、

クマの要素があるのかもしれません。

私はながい冬眠の末、目覚めるときがやってきました！　箱の外でガサコソ物音がしたかと思うと、箱のふたが開かれ、光がなかにさしこみました。

「あっ!!」

と、タカシさんが声を上げるなり私をギュッと抱きしめてくれたのです。

何年ぶりに見るタカシさん、すっかり大人になっていました。

冬眠から覚めた私はアップライトのピアノの上や、本棚の片隅にいることが多くなりました。タカシさんとは年に数回会う程度になっていました。どうやらタカシさんは、この家を出てひとり暮らしをしているようです。タカシさんはこの家に帰ってくると必ず、

「ポンちゃん、元気にしてた？」

とか、

「ポンちゃんはいつもかわらないなあ！」

とか、声をかけてくれます。そんなあるとき、タカシさんが帰ってくるなり、

「ポンちゃん、いいものを買ってきたよ！」

と言って、私をひざの上にのせて一冊の本をとりだしました。その本は写真集で題名は『愛されすぎたぬいぐるみたち』でした。私はその写真集をタカシさんと一緒にながめました。見開きには、世界中の愛されすぎてボロボロになったクマやうさぎのぬいぐるみたちの、クマが多かったと思いますが、一体ずつ写真があって、それにちょっとしたエピソードがそえられているものでした。なかには、ボロボロに愛されすぎて？　原形をとどめていないものもありました。これを見てタカシさんは、

「ポンちゃんは、これと比べたらまだまだ愛情が足りないのかなあ！」

と言いました。そんなことありませんよ！　私は世界中で一番、あなたから愛され続けているうさぎのぬいぐるみですよ!!　と、語りかけたかったものです。

また、あるときタカシさんは帰ってきて、

「同い年の上司に叱責された」

とか、

「ふたまわり年下の若造にダメ出しされた」

とか、

「年下の上司に寿司をおごらされた」

とか、憤っていましたね。会社ではいろいろとあるのですかねぇ？　あの気のやさしいタカシさんが…。

はたまた別のとき、あれはきっと年末だったと思いますが、新しい本を私に見せてくれました。それは『ハイ！　こちらぬいぐるみ病院です。』という本でした。その本の中の病院は、医師も看護師も患者さんもみんなぬいぐるみという設定で、内科や外科、耳鼻科、リハビリテーション科までありまず。本の中でではなくて、いたんだぬいぐるみを補修してくれる、修理してくれる、ホントにぬいぐるみのための病院があるというのです。私がそこに入院したらどうなるのでしょうか？　中綿は新しいものに交換して、すりむけた鼻は補修され、すり切れた皮ふ・毛皮は全面的に移植される。残ったの

# I　ポンちゃん、その後

は黒い瞳の両眼と左右三本ずつのヒゲだけ…。それはもとのポンちゃんなのか？　タカシさんはずいぶんと悩んでいました。人は脳と神経以外の細胞は数ヶ月で新しいものと入れ替わると聞きますが…結局、ポンちゃんは二重まぶたにして長いつけまつげでもしてみようか？　だなんて冗談を言って終わりになりました。それにしてもタカシさんは、

「昔はデパートやおもちゃ屋さんのぬいぐるみコーナーでポンちゃんや色違いのポンちゃん、ポンちゃんの一族？　をよく見かけたけれど、最近はぜんぜん見なくなっちゃったねぇ。もう、ポンちゃんは作られていないのかなあ！なげかわしい世の中になったものだね」

　だなんて言ってました。

　私はポンちゃん。うさぎのぬいぐるみです。最近私は、タカシさんが買いそろえたうさぎの柄の手鏡、うさぎの勾玉、うさぎのバターナイフ（剣？）とともに神棚の脇に鎮座しています。

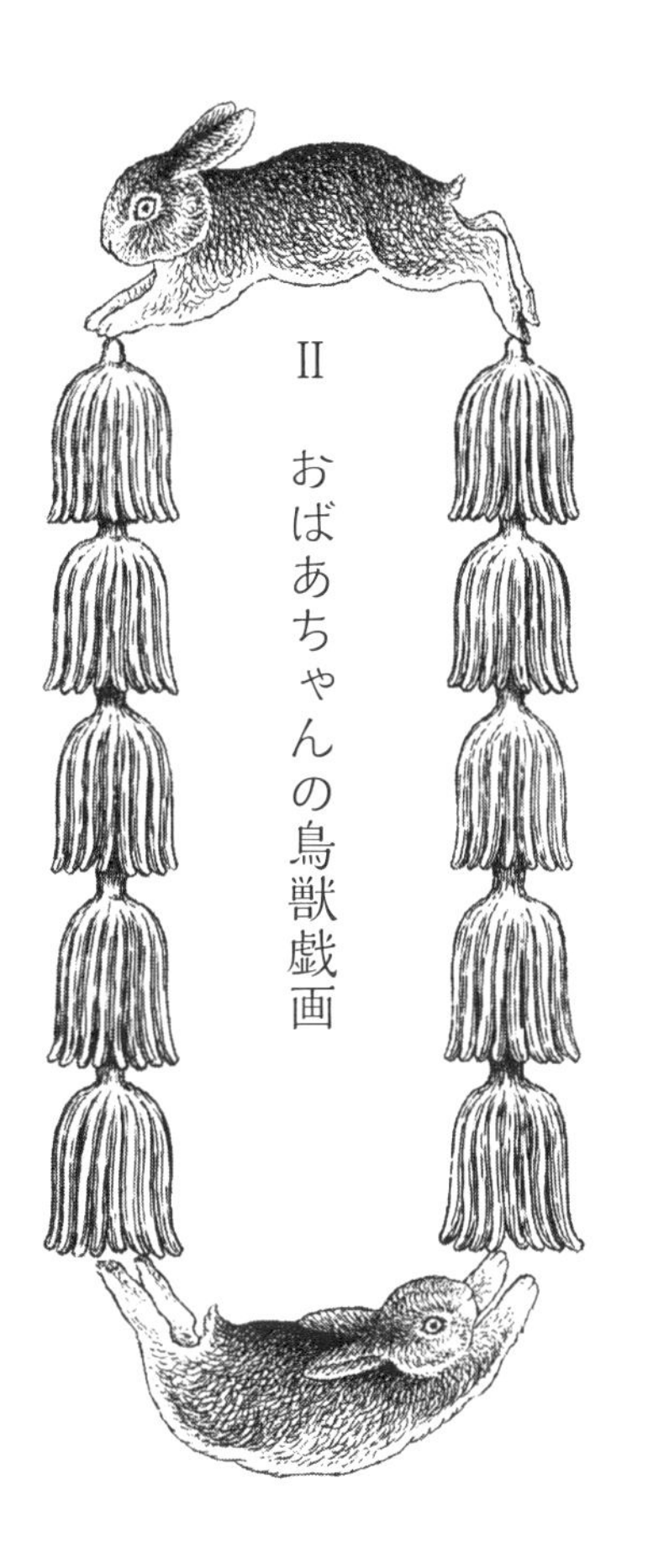

# II　おばあちゃんの鳥獣戯画

ボクの手元には一本の絵巻物がある。鳥獣戯画の絵巻だ。といっても、京都高山寺所蔵のホンモノの鳥獣人物戯画ではもちろんない。誰が描いたのか？　ちゃんとわかっている。それは数年前に他界したボクのおばあちゃん。ボクが小学生のころ、おばあちゃんが、誕生日か何かでプレゼントしてくれたものだ。市販の半紙を横向きにノリでつなげた絵巻になっている。半紙と半紙の継ぎ目には〝灯雪〟の落款が押されている。ボール紙だが、専用の箱もある。おばあちゃんはずっと書道をやっていて、腕前は師範。自宅で近所の子供たちを相手に書道教室を開いていたこともある。ボクは小学生のころ、毎年、年末から正月にかけて家族でおばあちゃんの家で過ごしていた。正月には学校から出された書き初めの宿題をおばあちゃんの家でやるのが常だった。学校からもらった書き初め用紙二・三枚に書く前に、おばあちゃんが半

紙を縦につなげた紙に何回か練習する。それから本番に臨む。おばあちゃんは、書き初めの練習をする前に、

「お手本をよ～くみて、自分なりに書いてごらん？」

と、言ってくれた。それから朱色の墨汁でいろいろ添削が入った。ここの三本の横線は均等にとか、このはねはもっとしっかりはねるとか…。けれど、最後には結局必ず〝はなまる〟をくれた。さあ！　それから書き初め用紙へ本番。

　正直言って、ボクはこの恒例行事があまり好きではなかったけれど、これで書き初めが仕上がるのだから、まあ、いいかな？　と思ったものだ。

　鳥獣戯画の絵巻だが、おばあちゃんはなぜボクに描いてくれたのか？　これは謎だ。ボクには兄弟もいるし、おばあちゃんからみれば孫、ボクからみればいいとこはたくさんいるのに…。ボクはおばあちゃんがずっと書道をしているのは知っていたが、こんな絵を描くとは全く知らなかった。

おばあちゃんの鳥獣戯画は、高山寺の鳥獣戯画をもとに描かれている。登場するキャラクターは主に兎と猿それに蛙。高山寺のものと同じように水辺のシーンから始まる。五匹の兎が水浴びをしている。そのかたわらで、松の木に引っ掛かった布切れを蛙が前足？　というか手と口で引っ張っている。これは、日本全国に伝わる羽衣伝説を表現しているのだろうか？　ということは水浴びをしている兎はみんなメス？　女の子？　ということか。

場面は変わって、おままごと。お父さん役の猿が千鳥足で向かう先は、ござを敷いて、ちゃぶ台をかまえた兎の奥さんのいる自宅か？　奥には赤ちゃん役の蛙があおむけになってタオルをお腹にかけて寝ている。ちゃぶ台には、茶わんや湯飲み、お皿などの食器が並ぶ。千鳥足の猿はお土産をぶらさげている。このところは昭和という感じだ。高山寺の鳥獣戯画は約八〇〇年前の平安時代に描かれたとされる。流石のおばあちゃんも平安時代ではなく、昭和の人だったのだろう。

ござの上では、先のおままごととは別のグループ？　といっても三匹の兎がかがみこんで、おはじきをしている。三匹のうちの一匹は、今まさに狙いをさだめておはじきをはじこうとしているところだ。

次はまりつき。兎がきちんとまりつきをしているのに対して、猿はあさっての方向にいってしまったまりをあわてて追いかけている。でもその猿の表情はどこか楽しげだ。高山寺の鳥獣戯画でも、兎と蛙が相撲をとって兎が蛙に投げ飛ばされ、ひっくり返るシーンがあるが、投げ飛ばされた兎の表情に悲痛さは全くない。兎はやられた！　という中にもなにか楽しげだ。高山寺の鳥獣戯画のキャラクターはみんな楽しそうにしている。平安時代を反映しているのか？　おばあちゃんの鳥獣戯画もこれを踏襲している。

二匹の猿が向かい合って両手をあげ、手をつないでいる。そこに兎と蛙の行列が猿の作った関所をくぐろうとしている。とおりゃんせ！　とおりゃんせ!!

猿と兎が向かい合って、
「せっせっせーのよいよいよい！」
と、茶摘みの唄を歌いながら八十八夜をやっている。かたわらで蛙が一匹でお手玉でジャグリング。もの思いにふけりながら、しゃがんであやとりの〝はしご〟を作っている兎の姿がみえる。一匹の猿と一匹の蛙が向かい合っている。蛙はバンザイをしているのに対して猿は泣きマネをしている。おちゃらかか？　このおちゃらかという遊び、いったい終わりがあるのか？　と、ボクは思ったことがある。

兎チームと蛙チームに分かれて、石けり〝ケン・パ〟をやっている。右から左へ五匹ずつ並んで待機している。その先の蛙はバランスをくずしてひっくり返りそうだ。兎対蛙、鳥獣戯画因縁の対決か？

猿が編み物をしている。マフラーかなにかを作っているようだ。

兎、猿、蛙といったいつものメンバーに狐、猫、鼠、鼬がくわわって輪を作っている。それぞれが、かるく拳をにぎって自分の前に出している。蛙が吹(ふ)き出しを出して唄(うた)を歌(うた)いながら、ちょうど狐(きつね)を指(さ)している。ずいずいずっころばしだ。

さっきのメンバーのうち六匹(ろっぴき)が手をつないで輪(わ)を作ってぐるぐる回っている。その真ん中で兎(うさぎ)がしゃがんで向こうをむいている。かごめかごめ。鬼(おに)は兎(うさぎ)か？

猿(さる)と蛙(かえる)がゴムの両端(りょうはし)を持っている。兎(うさぎ)が真ん中(まなか)でゴムに足をかけている。ゴム飛(と)びだ。次のシーンではゴムの端(はし)を持っている猿(さる)と蛙(かえる)が二匹(にひき)とも上空(じょうくう)を仰(あお)いでいる。さっきまでゴムに足をかけていた兎(うさぎ)は、はるか上空(じょうくう)に舞(ま)い上がっている。ゴムは紡錘状(ぼうすいじょう)に揺(ゆ)れている。

ススキの穂(ほ)で場面転換(ばめんてんかん)して、着物(きもの)を着飾(きかざ)った兎(うさぎ)たちの行列(ぎょうれつ)ができている。その中央で羽織(はおり)はかまの猿(さる)が赤ら顔(がお)で一升瓶(いっしょうびん)をラッパ飲みしている。次のシーンでは、ラッパ飲みの猿(さる)に警備員風(けいびいんふう)の蛙(かえる)が両脇(りょうわき)を固(かた)めている。多数(たすう)の着(き)物姿(ものすがた)の兎(うさぎ)のギャラリーがそれを見つめている。高山寺(こうざんじ)の鳥獣戯画(ちょうじゅうぎが)は法会のシーンで終わるが、おばあちゃんの鳥獣戯画(ちょうじゅうぎが)は元服(げんぷく)、成人式(せいじんしき)で終わっている。

いま、ボクはデザイン事務所に勤めている。高山寺の鳥獣戯画とおばあちゃんの鳥獣戯画の画像データをパソコンに取り込んでふたつの鳥獣戯画の融合を試みているところだ。

# III　スーパーヒーロー

## 銀行強盗

「博士！　博士！　大変で～す」

と、臼井助手が息を切らせて研究室に入ってきました。研究室の中には得体の知れない機械がいっぱい置いてありました。その機械の陰から、

「何事かね、臼井君」

と白髪混じりで少し長めの髪をかき上げながら、眼鏡をかけた青山博士が出て来て言いました。

「銀行強盗ですよ。街の銀行が襲われているんですよ。犯人は今、銀行の中に拳銃を持って立てこもっているそうで、もう、街中そのことで大騒ぎなんです」

と、臼井助手。

「なに、銀行強盗だと。そうか、ついにこの日がやってきてしまったか。その銀行強盗事件、彼に解決してもらおう」

「博士、彼っていったい誰のことですか？」

「そう、彼とは、わしの永年の研究成果であるバイオ技術と放射線照射とで育て上げた、彼こそはこの世のスーパーヒーロー、その名も、スーパーうさぎぴょんぴょん丸だ〜」

青山博士が紹介すると、スーパーうさぎぴょんぴょん丸がとなりの部屋からドアを開けてさっそうと登場してきました。

「え〜い、スーパーうさぎぴょんぴょん丸よ!!　今、この街の銀行に立てこもっている強盗犯をつかまえてきなさい！」

と、青山博士が言うと、

「かしこまりました、博士」

と言うなり、スーパーうさぎぴょんぴょん丸はものすごい勢いで研究室を飛び出して行きました。臼井助手が、

「今のは何なのですか？」

と、博士に訊ねると、

「スーパーうさぎぴょんぴょん丸とは、この世のスーパーヒーローにするためにわしが育て上げた史上最強のうさぎで、聴力および、走ることや飛び跳ねることなどの運動能力はうさぎなみで、知能は人間をも上回るスーパーうさぎなのだ」

と、青山博士は臼井助手に説明しました。

「博士、いつの間にそんなことをやっていたんですか？　バイオ技術や放射線照射だなんて、博士の専門は天文学でしょう」

「臼井君！　これからの天文学者は天文学だけやっていれば良いというもんじゃあないんだよ。これからの天文学者は他の技術も…」

と、青山博士が言いかけているところに、スーパーうさぎぴょんぴょん丸が研究室にまい戻ってきました。

「おや、もう強盗犯をつかまえて戻ってきたのかな？　えらいぞ！　それでこその世のスーパーヒーローにするためにわしが育てたスーパーうさぎだ!!」

と青山博士がスーパーうさぎぴょんぴょん丸に向かって叫ぶと、スーパーうさぎぴょんぴょん丸は、

「銀行ってどこにあるんだっけ?」

と…。

臼井助手があわててスーパーうさぎぴょんぴょん丸に銀行へ行く道順を教えてやると、再びスーパーうさぎぴょんぴょん丸はものすごい勢いで研究室を出ていきました。臼井助手が、

「なんか頼りないなあ。あんなので本当に銀行強盗犯をつかまえることができるんですか? 博士」

と、訊きました。

「まあ、ちょっとおっちょこちょいなところがあるようだが、スーパーうさぎであることには変わりはない。きっと大丈夫じゃろう」

と、青山博士(はかせ)はこたえました。

「本当に大丈夫(だいじょうぶ)かなあ？　あんなおっちょこちょいで…まあ、ペットなんかも飼(か)い主(ぬし)に似(に)るって言うから仕方がないかも…」

と、臼井助手が独(ひと)り言(ごと)を言いかけると、すかさず青山博士(はかせ)が言いました。

「臼井君、何か言ったかね？」

「いや、別(べつ)に…」

「それにしてもこんなところで油を売っていてもしょうがない。わしらも銀行強盗の現場(げんば)まで行って、スーパーうさぎぴょんぴょん丸の活躍(かつやく)を、この世のスーパーヒーローになるべく記念(きねん)すべき第一歩をこの目でしかとみるのだ〜あ。臼井君！　銀行へさっそく行くぞ!!」

と、青山博士(はかせ)と臼井助手はスーパーうさぎぴょんぴょん丸の後(あと)を追いました。

青山博士(はかせ)と臼井助手が銀行にたどり着くと、銀行の周(まわ)りはパトカーやらやじうまやらで大変(たいへん)な騒(さわ)ぎになっていました。スーパーうさぎぴょんぴょん丸は警察の人たちに向かって何か言っています。

「みなさん！　私が来たからにはもう安心してください。私は正義の味方、かの有名な青山博士が育ててくれた、スーパーうさぎぴょんぴょん丸で～す。この銀行強盗事件、私がすみやかに解決して見せましょう」

　それを聞いていた警官の一人が赤羽警部に言いました。

「警部、変なのがあらわれましたよ」

　この銀行強盗事件担当の赤羽警部は、

「まったく、銀行強盗だけでも大変だって言うのに…」

　と言いながら、メガホンを通して、

「スーパーうさぎだかなんだか知らんが、そこの君！　犯人は拳銃を持っている。そこにいたら危ないからすぐに避難して」

　と、スーパーうさぎぴょんぴょん丸に呼びかけました。

「危ないだって？　私の辞書に〝危ない〟という文字はないのです！　私は銃弾よりも早く走れるから、たとえ強盗犯が私に向けて銃を撃ってきてもその弾に当たることはないのだよ、はははは……」

　と、スーパーうさぎぴょんぴょん丸は笑い出しました。それを聞いた臼井助手が青山博士に言いました。

「すごい自信ですねー。本当に弾よりも速く走れるのですか？　博士！」

「いやあ、そんな風に育てた覚えはないんだが、当の本人がそういってるんだから、きっとそうなんだろう…多分」

「えっ、じゃあ、ぴょんぴょん丸は勝手な自分の思い込みで言っているのかもしれないじゃないですか。確かぴょんぴょん丸の運動能力は普通のうさぎ並でしたよねえ。普通のうさぎは拳銃の弾なんかよりも速く走れませんよ!!」

「それもそうだな。お〜い！　スーパーうさぎぴょんぴょん丸よ！　おまえは拳銃の弾よりも速く走れるわけないんだぞ。気を付けろよー」

　と、青山博士は大声でスーパーうさぎぴょんぴょん丸に注意しました。

「そんなのうそだあ！　博士！　言ったじゃないですか。おまえは弾よりも速く走れるこの世のヒーロー、スーパーうさぎだ！　って」

「つまり、それはあのう…」

と、青山博士(はかせ)は言葉を詰(つ)まらせながら続(つづ)けて、

「あれはたとえばの話だ。おまえの運動能力(のうりょく)は普通(ふつう)のうさぎ並(なみ)だ！」

と、吐(は)き捨(す)てるように言いました。その青山博士(はかせ)の言葉を聞いたスーパーうさぎぴょんぴょん丸はそんなあ、と思いました。すると、パーンと、銀行の中から一発の銃声(じゅうせい)が鳴(な)り響(ひび)きました。スーパーうさぎぴょんぴょん丸の顔色が急に青くなり、いちもくさんに青山博士(はかせ)のところに逃(に)げ込(こ)みました。そして、

「博士(はかせ)！　ボクまだ死にたくないです！」

と、スーパーうさぎぴょんぴょん丸は青山博士(はかせ)に泣(な)きつきました。青山博士(はかせ)は、

「よし、よし、わかった。それならうちへ帰るとしよう」

と、言って青山博士(はかせ)とスーパーうさぎぴょんぴょん丸が帰りかけると、近

くにいたやじうまのひとりが、

「正義の味方だなんて…笑わせるよな。青山博士が育てたものだって言うから、はじめからろくなものじゃないと思ってたけれど…」

と、言いました。これを聞いた青山博士は手のひらを返したように、

「スーパーうさぎぴょんぴょん丸よ！　今すぐに銀行強盗犯をつかまえてきなさい!!」

と手荒く言うと、スーパーうさぎぴょんぴょん丸は、

「いやですよ！　けがでもしたら大変です」

と、いやがりました。しかし青山博士は、

「なにを言っているのかね！　スーパーうさぎぴょんぴょん丸よ！　あれはちょうど七年前の冬の寒い日だった…。橋のたもとに捨てられているおまえを拾い上げて、わしが手塩にかけておまえをこの世のスーパーヒーローにすべくスーパーうさぎに育てたんだぞ。あの冬の日、もしわしがおまえを拾ってやらなかったら、幼いおまえは凍えて死んでいたかもしれないんだぞ。そ

う、わしはおまえの親も同然、生みの親以上の存在のわしの顔にきさま、泥を塗るつもりか！　七年間の恩をおまえは忘れたというのかー!!」

と、言いました。臼井助手が
「そんなこと言ったって、…ぴょんぴょん丸がかわいそうですよ」

と、口をはさみましたが、これに対して青山博士は、

「これはわしとスーパーうさぎぴょんぴょん丸との親子の間の問題なんじゃ。他人は口出ししないでくれ～。え～い何をそんなところでグズグズしておるんじゃ!!　スーパーうさぎぴょんぴょん丸よ、おまえはわしが育てたスーパーうさぎなんだぞ！　この世のスーパーヒーローになるんだから、早く銀行強盗をつかまえてこい!!」

と、スーパーうさぎぴょんぴょん丸の尻を蹴飛ばしました。しぶしぶスーパーうさぎぴょんぴょん丸は銀行の入り口の方へ向かいました。臼井助手が、

「ぴょんぴょん丸、かわいそうに…目を真っ赤にして泣いてましたよ」

と言うと、青山博士は、

「うるさい！　もともとうさぎの目は赤いものだ」

と、言いました。スーパーうさぎぴょんぴょん丸は、強盗犯が立てこもっている銀行の中へ入って行きました。しばらくすると一発の銃声が銀行の中から鳴り響きました。スーパーうさぎぴょんぴょん丸は、銀行強盗に撃たれてしまいました。それから警察が一斉に銀行の中へ突入して、強盗犯を取り押さえました。

青山博士はやじうまや報道関係の人たちでごったがえす中をかきわけて銀行の中に入ってみると、カウンターの前でうずくまっているスーパーうさぎぴょんぴょん丸を見つけました。青山博士は、

「お～！　なんてことだ‼　スーパーうさぎぴょんぴょん丸！　わしが悪かった。ムリを言ったわしが悪かった‼　許しておくれ～」

と、スーパーうさぎぴょんぴょん丸の前で泣きくずれました。その近くで赤羽警部が、

「銀行強盗事件、先ほど犯人逮捕、無事解決しました。え～、被害は変なう

さぎ一匹（いっぴき）」

と、無線（むせん）で本部と連絡（れんらく）を取っています。青山博士（はかせ）はスーパーうさぎぴょんぴょん丸を抱（だ）き上げると、

「うちに帰ろうな。スーパーうさぎぴょんぴょん丸、うちへ帰ろう」

と、泣（な）きながら銀行を後（あと）にしました。

## 町内運動会

銀行強盗事件（ごうとうじけん）があってから半年がたちました。

「博士（はかせ）、今年もそろそろ町内運動会の季節（きせつ）がやってきましたね」

と、臼井助手が青山博士（はかせ）に言いました。

「フッフッフッ…、その通り。町内運動会が行われる時がとうとうやってき

た。わが二丁目はここ数年、一丁目に優勝をさらわれて、苦い思いをしておるからなあ。このわしが二丁目の町会長になった今年は二丁目が町内運動会で必ず優勝するんだ」

と、青山博士。

「いつの間に町会長なんかになっていたんですか、博士？ それにしてもすごい意気込みですね」

「そうとも、わしが町会長に任命されたとき、わしはみんなに宣言したんだ。『もし、わが二丁目が今年の町内運動会で優勝できなかったら、この青山、死んでお詫びをいたします』とな…うわっはははは…」

と、青山博士は笑いました。

「博士、死んでお詫びだなんて！ たかが町内運動会じゃないですか。大げさすぎますよ」

「何が大げさなものか、臼井君。運動会に優勝できなかった昨年、わしは外を歩くときはいつも下を向いて歩いていたんだ。それに比べて、去年優勝した一丁目の連中は大手を振って街中をかっ歩していた。こんなことが来年も続くようなら、わしは本気で死んでも良いと思ったんじゃ」

「そんな、それは博士一人の思い過ごしですよ…でも今年は何か、二丁目が優勝するための秘訣でもあるんですか？」

「よくぞ聞いてくれた臼井君！　君もだてに長くわしのところで働いているわけではないんだね。そう、秘策はある！　それはスーパーうさぎパートⅡサイボーグぴょんぴょん丸を町内運動会に出場させるのだ」

「えっ！　スーパーうさぎですって?!　ぴょんぴょん丸は半年前の銀行強盗事件の時に死んだはずじゃあなかったんですか？」

　と、臼井助手は少し不思議に思いました。

「臼井君、君はまだまだ若いなあ。確かにあの時、スーパーうさぎぴょんぴょん丸の体は、銀行強盗の銃弾を受けて使いものにならなくなってしまった。しかし、人間の知能をも上回る脳には全く傷はなかったのだよ。そこでわしが永年研究してきた脳移植とロボット工学の技術の粋を集めて、この世

のスーパーヒーローになるために、スーパーうさぎパートⅡ(ツー)サイボーグぴょんぴょん丸として復活(ふっかつ)させたのだよ…今こそよみがえれ‼　スーパーうさぎパートⅡ(ツー)サイボーグぴょんぴょん丸」

と、青山博士(はかせ)が紹介(しょうかい)すると、スーパーうさぎパートⅡ(ツー)サイボーグぴょんぴょん丸がとなりの部屋(へや)からドアを開けてさっそうと登場してきました。

「こっ、これがぴょんぴょん丸ですか？」

と、臼井助手が訊(たず)ねると、青山博士(はかせ)は、

「ちょっと見た目ではスーパーうさぎぴょんぴょん丸と違(ちが)うところもあるが、精神的(せいしんてき)には前と一緒(いっしょ)だ」

と、こたえました。

「それにしても博士(はかせ)！　スーパーうさぎパートⅡ(ツー)…この長い名前、どうにかなりませんか？」

「…」

青山博士(はかせ)は、

「いいか、スーパーうさぎパートⅡサイボーグぴょんぴょん丸よ！　今年の町内運動会での二丁目の優勝目指して、今から特訓じゃ!!」

と、叫びました。

「かしこまりました、博士」

と、どこか機械的な声でスーパーうさぎパートⅡサイボーグぴょんぴょん丸がこたえました。臼井助手が、

「町内運動会まであと一〇日もないんですよ！　それにサイボーグがトレーニングしてどうなるんですか？」

と、言いました。

「なせばなる、なさねばならぬ、何事も！　だ、よし特訓開始!!」

と、青山博士は号令をかけました。

それからというもの、町内運動会までのあいだ、スーパーうさぎパートⅡサイボーグぴょんぴょん丸は青山博士の指示通りに、腕立てふせやうさぎ飛

びなどのトレーニングをしました。

…そして町内運動会が行われる日がやってきました。

一丁目の町会長さんが二丁目の町会長である青山博士に、

「今年もまたわが一丁目が優勝をいただきますよ…悪いがね」

と、嫌みったらしく言いました。

「いやいや今年こそは二丁目が優勝させてもらうよ。何せ、今年の二丁目は秘密兵器があるからね」

と、青山博士も負けてはいません。

「秘密兵器って、あの変な出来損ないのばけものうさぎのことですかな？　確か半年ほど前に起きた銀行強盗事件の時に勝手に銀行の中に入り込んで強盗犯の拳銃に撃たれた、あの間抜けなうさぎさんですか？　いやこれは面白い。あれが二丁目の秘密兵器だなんて、これは傑作だ！」

と、一丁目の町会長さんはバカにしました。

「あの時のスーパーうさぎぴょんぴょん丸とは違うのだよ、今のスーパーうさぎパートⅡサイボーグぴょんぴょん丸は…」

と、青山博士が言っているところに、

「おやおや、何をそんなところで鼻息を荒くしているのかな？　一丁目と二丁目の町会長さん方や」

と、三丁目の町会長さんがやってきました。

「これはこれは、三丁目の町会長さんじゃあないですか」

と、一丁目の町会長さん。

「今年こそは三丁目が優勝させてもらうよ」

「三丁目の町会長さん、何を言っているんだか…この長い町内運動会の歴史の中で一度も優勝したことがなくて、しかもいつもびりっけつの三丁目が、聞いてあきれるわ」

と、青山博士が言うと、三丁目の町会長さんが、

「今年の三丁目は今までとは一味違うんだよ！　今年の三丁目は、アメリカから助っ人を呼んできてあるんだ!!　みんなに紹介しよう、北村君」

と、紹介すると、

「ハ～イ、ワタシガ三日前ニフロリダカラ三丁目ニヤッテキタ、マッスル北村デ～ス。日本ノミナサンドウカヨロシク！」

と、マッスル北村が自己紹介しました。

「とにかく、今年の町内運動会はいつになく盛り上がりそうですな！」

と、三丁目の町会長さんが言いました。町会長さんたちの話をわきで聞いていた臼井助手は、

「博士、ちょっとこれを見てくださいよ」

と、青山博士を呼んで新聞を差し出しました。

「この新聞、小金井スポーツって言うんですが、これの三面にマッスル北村のことが載ってるんですよ。いいですか」

と、言って臼井助手はマッスル北村に関する記事を青山博士に読んで聞か

せ始めました。

「マッスル北村、三五才、フロリダ生まれ、お父さんは日本人、お母さんはアメリカ人。マッスル北村はお金をもらえれば、世界中どこへでも飛んで行き、ありとあらゆる運動会に出場し、お金を出したチームを必ず優勝に導く…今までになんと七〇〇〇以上の運動会に出場し、そのすべてに優勝…だって。フリーで活躍する陰の運動会優勝請負人の異名を持つ…ですって。これは大変なことになりましたよ」

「お金で優勝を買うというのか、三丁目は…フン、いかにも三丁目の町会長が考えそうなことだ。しかし、そのハツだか牛タンだかレバーだかしらんが北村とか言うアメリカ人がどうあがこうともスーパーうさぎパートⅡサイボーグぴょんぴょん丸にはかなわんさ」

　と、青山博士が言いました。そして、

「それにしても臼井君、君は普段いったいどんな新聞を読んでるのかね」

「…」

いよいよ町内運動会の競技が始まりました。一番最初の種目は、一〇〇メートル徒競争です。二丁目のスーパーうさぎパートⅡサイボーグぴょんぴょん丸と三丁目のマッスル北村は同じ組で走ることになりました。マッスル北村はスーパーうさぎパートⅡサイボーグぴょんぴょん丸のことをじろじろ見て、

「日本ニハ珍シイ生キ物ガイルンデスネー。イッタイ、ナニモノナンデスカ？」

と、言ってきたので、スーパーうさぎパートⅡサイボーグぴょんぴょん丸は、

「私はこの世のスーパーヒーローのスーパーうさぎパートⅡサイボーグぴょんぴょん丸だ！」

と言い返しました。

「スーパーうさぎ…ウサギサンナンデスカ？　アナタハ…アメリカデハ見タコトモナイタイプノウサギサンデスネ。デモ、ヨク見ルトナンダカカワイイデスネ」

と、マッスル北村はスーパーうさぎパートⅡサイボーグぴょんぴょん丸に

すり寄って行きました。すり寄られたスーパーうさぎパートⅡサイボーグぴょんぴょん丸は背筋が寒くなり、

「薄気味悪いからやめてくださいよ」

と言いましたが、マッスル北村は、

「オトモダチカラ始メマセンカ?」

と言い寄ってきました。

走る番が回ってきました。スーパーうさぎパートⅡサイボーグぴょんぴょん丸は、マッスル北村にすり寄られた時の後遺症か？　スタートから出遅れてしまいました。が、そこはスーパーうさぎです。一〇〇メートルのなかほどでマッスル北村やほかの走者を追い抜くと、とうとう一番でゴールしました。負けたマッスル北村は、

「ワタシノハニ～、最初ハコンナモンデスネー」

と、負け惜しみを言いました。

次の種目は玉入れです。これにもスーパーうさぎパートⅡサイボーグぴょ

んぴょん丸は出場しました。身の軽いスーパーうさぎパートⅡサイボーグぴょんぴょん丸は、あらかじめ青山博士から指示されていた通り、玉を投げ入れるかごのついた竿をよじ登り、かごの上に立って二丁目の人たちがかごめがけて投げてくる玉をうけとり、二丁目のかごに入れました。それから、となりの一丁目のかごに飛び移って、自分の体でかごをふさいでしまいました。しかし、これは審判団に反則とされ、二丁目はこの種目は失格となってしまいました。スーパーうさぎパートⅡサイボーグぴょんぴょん丸はみんなから、

「反則うさぎ！　きたねえぞ!!」

と、やじられてしまいました。これを見ていた青山博士は、

「スーパーうさぎパートⅡサイボーグぴょんぴょん丸よ、今はひたすらガマンする時じゃ、耐える時じゃ。次の種目にかけるのじゃ！」

と、励ましました。

「次の種目は何ですか？」

と、臼井助手が訊ねました。青山博士は、

「次は、わしがムリ言って今年から競技の中に入れさせた、棒高跳びじゃ」

と、こたえました。それを聞いた臼井助手は驚いて言いました。

「え～、町内運動会に棒高跳びですか？」

「そうじゃ、この種目ならばスーパーうさぎパートIIサイボーグぴょんぴょん丸でも勝てるだろう。なんなら、スーパーうさぎパートIIサイボーグぴょんぴょん丸だけ、棒無しで跳ばせても良いかとも思ってるんだよ。何しろあいつはスーパーうさぎだから、走ったり、飛び跳ねたり、それから聴くことは人間よりも上だ。だからそのほかにもわしが今年からこの町内運動会に取り入れさせた種目のなかには、走り幅跳び、反復横飛び、それからスーパーうさぎパートIIサイボーグぴょんぴょん丸の聴力を生かせる、伝言ゲームやイントロクイズがある」

「運動会に伝言ゲームやイントロクイズですか？　そんなの聞いたことがあ

りませんよ」

「とにかく勝てばいいのだよ、勝てば…。それに臼井君、これからの運動会の流れは、飛び跳ねることと聴くことだよ」

「そうかなあ?」

と、臼井助手は思いました。

青山博士がスーパーうさぎパートⅡサイボーグぴょんぴょん丸のために取り入れさせた伝言ゲームなどの種目はすべて、青山博士の期待通り二丁目が一位を獲得しました。しかし、綱引きや棒倒しなどの力が必要な種目は、陰の運動会優勝請負人のマッスル北村がひきいる三丁目が勝ちました。自力に勝る一丁目も負けてはいませんでした。

ついに残る競技はあとひとつ、リレーだけになってしまいました。このリレーの勝敗によって、総合優勝の行方も決まります。三丁目の町会長さんがマッスル北村を呼びよせて言いました。

「北村君、もしわが三丁目が優勝を逃したら、君に支払ったお金は全額返してもらうからね」

「ワカッテマス。マカセテクダサイ」

「君は忘れていないだろうね！　今朝の一〇〇メートル徒競走を。あの時、君は二丁目のへなちょこうさぎに惨敗したじゃないか。本当に君に任せて良いんだろうね？」

「何ヲ言ッテルンデスカ？　三丁目ノ町会長サン。次ノリレーデハ、ワタシニイイアイディアガアルンデス。トコロデ三丁目ノ町会長サン！　イソップ童話ノ〝うさぎとかめ〟ヲシッテマスカ？」

「ああ、知っているとも。うさぎとかめが競走して、途中でうさぎが昼寝して亀に負けるってやつだろう。それがどうした？」

「ソノトオリデス。ワタシハムカシママカラオシエテモライマシタ。二丁目ノスーパーうさぎモウサギデス。ダカラ油断サセレバ良インデスヨ」

「そうか、その手があったか！」

そして、マッスル北村と三丁目の町会長さんは、スーパーうさぎパートⅡサイボーグぴょんぴょん丸に近付いて、スーパーうさぎパートⅡサイボーグぴょんぴょん丸に聞こえるようにわざと話し始めました。

「町会長サン、ワタシモウ走レマセン」

「それじゃ困るんだよ！　北村君」

「ワタシハ三日前ニフロリダカラヤッテキタバカリデス。時差ボケデ走レマセン。立ッテルノガヤットデ～ス」

その話を、そばにいた耳の良いスーパーうさぎパートⅡサイボーグぴょんぴょん丸が聞き逃すはずがありません。スーパーうさぎパートⅡサイボーグぴょんぴょん丸は二人の話を信じてしまい、青山博士に、

「博士！　青山博士！　二丁目はもう優勝したも同然ですよ。何せ、三丁目のマッスル北村は時差ボケで走れません」

と言いました。青山博士は、

「そうか、やったな！　スーパーうさぎパートⅡサイボーグぴょんぴょん丸

よ。これでわしも死んでお詫びをしなくてすむぞ!!」

と、一緒になって浮かれてしまいました。それを陰で見ていた三丁目の町会長さんとマッスル北村は、しめしめと思いました。


リレーがスタートしました。三丁目のアンカーはマッスル北村、二丁目のアンカーはもちろんスーパーうさぎパートⅡサイボーグぴょんぴょん丸です。いよいよアンカーが走る番です。なんと二丁目が一番早くアンカーのスーパーうさぎパートⅡサイボーグぴょんぴょん丸にバトンがわたりました。完全に浮かれていたスーパーうさぎパートⅡサイボーグぴょんぴょん丸は、前の走者からバトンをうけとると、もう優勝した気になり一生懸命走らずに、こともあろうか手を振りながらスキップをし始めました。青山博士も浮かれて、

「わ～い、優勝だ、優勝だ」

と言って騒いでいます。ところが、浮かれて手を振りながらスキップをし

ているスーパーうさぎパートⅡサイボーグぴょんぴょん丸のわきを、全速力でマッスル北村が走り抜いていきました。それに気付いたスーパーうさぎパートⅡサイボーグぴょんぴょん丸は、

「だましたなあ!!」

と、走り去ろうとしているマッスル北村に言いました。

「ダマサレルホウガ悪イノネ、ウサチャン!!」

と、マッスル北村は言い返しました。まさに脱兎のごとくスーパーうさぎパートⅡサイボーグぴょんぴょん丸は猛烈な勢いで追いかけました。そして鼻一つの差でスーパーうさぎパートⅡサイボーグぴょんぴょん丸がマッスル北村よりも早くゴールしました。

かくして二丁目が町内運動会で総合優勝を飾りました。青山博士やほかの二丁目のみんなが優勝を喜び合っていると、マッスル北村がスーパーうさぎパートⅡサイボーグぴょんぴょん丸のところにやってきて、

「スーパーうさぎ様、ワタシヲ弟子ニシテクダサイ、オネガイシマス」

と、頼み込みました。そしてマッスル北村はスーパーうさぎパートⅡサイボーグぴょんぴょん丸の手を握って、

「本当ニカワユイ手ヲシテルネ」

と言いながらすり寄ってきました。スーパーうさぎパートⅡサイボーグぴょんぴょん丸は気持ち悪がりながら、

「博士、助けてください！」

と、青山博士に助けを求めました。青山博士は、

「わしのスーパーうさぎパートⅡサイボーグぴょんぴょん丸に手を出すな！　この世のスーパーヒーローになるまでは、変なスキャンダルは困るんじゃ!!」

と叫びました。そんなことをしているマッスル北村の後ろから、

「北村君、北村君」

と、マッスル北村を呼ぶ声がしました。マッスル北村が振り返ると、

「わかっているんだろうね、北村君。負けた責任は全部君にとってもらうよ。

さあ、三丁目のみなさんがお待ちかねだ、早くこっちへ来なさい！」

「ソンナ、バカナー」

と言いながら、マッスル北村は三丁目の町会長さんに連れ去られていきました。


その後、マッスル北村がどうなったか？

三丁目のみなさんしか知らない。

## 郵便局強盗

町内運動会で二丁目が優勝してから、半年がたちました。

青山博士と臼井助手は、昼休みに研究所でテレビのニュースを見ていました。ニュースではなんと街の郵便局に強盗が押し入って、強盗犯が郵便局内に立てこもっている、と伝えました。このニュースを耳にした青山博士は、

「この郵便局強盗事件、彼に解決してもらおう！」

と言いました。いやな予感がした臼井助手は、

「彼ってまさか、ぴょんぴょん丸のことじゃないでしょうねえ、博士！」

と言いました。

「その通りだ！　臼井君。…郵便局強盗を捕まえるのじゃ！　スーパーうさぎパートⅡサイボーグぴょんぴょん丸よ!!」

と青山博士が叫ぶと、スーパーうさぎパートⅡサイボーグぴょんぴょん丸がとなりの部屋からさっそうと登場してきました。臼井助手は、

「博士！　忘れたんですか？　一年前の銀行強盗事件の時のことを!!　あんな危ない目にまたぴょんぴょん丸を合わせるって言うんですか？」

と、言いましたが、青山博士は、

「うるさい、スーパーうさぎパートⅡサイボーグぴょんぴょん丸は、わしがこの世のスーパーヒーローにするために二度も命を救ってやったんだ。この世のスーパーヒーローになるためには、強盗事件の一つや二つ解決できなくてどうするんだ。スーパーうさぎパートⅡサイボーグぴょんぴょん丸！　今すぐ郵便局へ行って来なさい」

　と言いました。臼井助手は、

「ぴょんぴょん丸！　郵便局なんか行かなくても良いんだよ。この世のスーパーヒーローなんかにならなくても良いんだよ」

　と言いました。すると青山博士が、

「あれはちょうど八年前の冬の寒い日だった…」

　と言いかけると、臼井助手がすかさず、

「その話は一年前に聞きました」

　と言いました。けれどスーパーうさぎパートⅡサイボーグぴょんぴょん丸は、

「かしこまりました、博士」

と、言うと研究所を飛び出して行きました。

そして、スーパーうさぎパートIIサイボーグぴょんぴょん丸は郵便局に到着すると、この郵便局強盗事件担当の赤羽警部が、

「また変なのがあらわれた…」

と、言う間もなく、郵便局の中へ入って行きました。そしてスーパーうさぎパートIIサイボーグぴょんぴょん丸は強盗犯が持っていた猟銃を取りあげ、強盗犯を取り押さえて、近くにあった郵便小包用の空き箱の中へ押し込めて封をしました。そして、人質になっていた郵便局員さんに強盗犯を押し込んだ小包を差し出して、

「この小包、警察まで郵送してください」

と、頼みました。

さあそれからが大変です。〝ぴょんぴょん丸、郵便局強盗犯を警察へ郵パック〟と言う見出しの号外が配られるわ、青山博士はマスコミの取材に追われ

るわ、一躍、スーパーうさぎパートⅡサイボーグぴょんぴょん丸はスーパーヒーローになりました。青山博士はあるマスコミのインタビューで調子に乗って、

「スーパーうさぎパートⅡサイボーグぴょんぴょん丸には、火山の噴火をも押さえることができる力をもっとるんじゃ」

と、こたえる始末。それを陰で聞いていた臼井助手はスーパーうさぎパートⅡサイボーグぴょんぴょん丸を呼び寄せて言いました。

「ぴょんぴょん丸、君は博士のもとから離れた方がいいよ。博士は君が火山の噴火を押さえることができるなんて言っているんだよ」

スーパーうさぎパートⅡサイボーグぴょんぴょん丸は、

「ボクにはそんな力があったなんて、知らなかった」

と言いましたが、臼井助手は、

「そんなわけないだろ、博士のあんな調子でいくと君は今度は噴火口に飛び込むはめになるんだから…そうしたら今度という今度は本当に…だから、

博士から離れて遠い山へでもお行き!!」

　と言いました。しかしスーパーうさぎパートⅡサイボーグぴょんぴょん丸は、

「でも、それじゃあ青山博士をうらぎることに…」

　と言いました。

「ぴょんぴょん丸、お前はもう充分博士のために働いたよ。見てごらんよ！　インタビューを受けてる今の博士の生き生きした表情を！　だから、もう遠くへお行き!!」

　と臼井助手は説得しました。スーパーうさぎパートⅡサイボーグぴょんぴょん丸は臼井助手の言うとおりにすることにしました。スーパーうさぎパートⅡサイボーグぴょんぴょん丸は臼井助手に言いました。

「遠くへ行く前に青山博士にあいさつしてこなくちゃ！」

「それだけはやめてくれ！」

それからしばらくして、青山博士が臼井助手に、

「そういえば最近、スーパーうさぎパートⅡサイボーグぴょんぴょん丸の姿を見ないが臼井君知らないかね?」

と訊きました。臼井助手は、

「知りませんよ」

とこたえました。

「それじゃあ、臼井君、探してきてくれないかね? わしはマスコミの対応に忙しくて」

と、青山博士は臼井助手に頼みました。

「博士も一緒に探しましょうよ。博士は、ぴょんぴょん丸の親以上の存在なんでしょう?」

と、臼井助手に諭された青山博士はそれから三日間、街中を探し回りましたが街中どこを探してもスーパーうさぎパートⅡサイボーグぴょんぴょん丸を見つけることができませんでした。とうとう青山博士は、

「スーパーうさぎパートⅡサイボーグぴょんぴょん丸や、おまえはどこへ行ってしまったんだ。おまえはわしがこの世のスーパーヒーローにするために、二度も命を助けてやったんだぞう。おまえにとってわしは神様以上の存在なんだぞ！　このわしをおいて、いったいどこへ行ってしまったんだ‼」

と、泣き出しました。

　そのころ、スーパーうさぎパートⅡサイボーグぴょんぴょん丸は本当にどこへ行ったのでしょうか？　それは臼井助手に言われた通り、遠い人里離れた山の中にいました。そして、そこに住む野うさぎが、きつねやテンに襲われそうになっているところを、スーパーうさぎパートⅡサイボーグぴょんぴょん丸は助けてやりました。

　そんなことを何回かしているうちに、いつしか、遠い人里離れた山の野うさぎたちのスーパーヒーローになっていました。

そのことを青山博士は風の便りに聞きました。青山博士は、

「わしは、スーパーうさぎパートⅡサイボーグぴょんぴょん丸をこの世のスーパーヒーローにしたかったんだが、お山の大将・お山のスーパーヒーローになったか！　…まあそれも良いかな」

と、思いました。

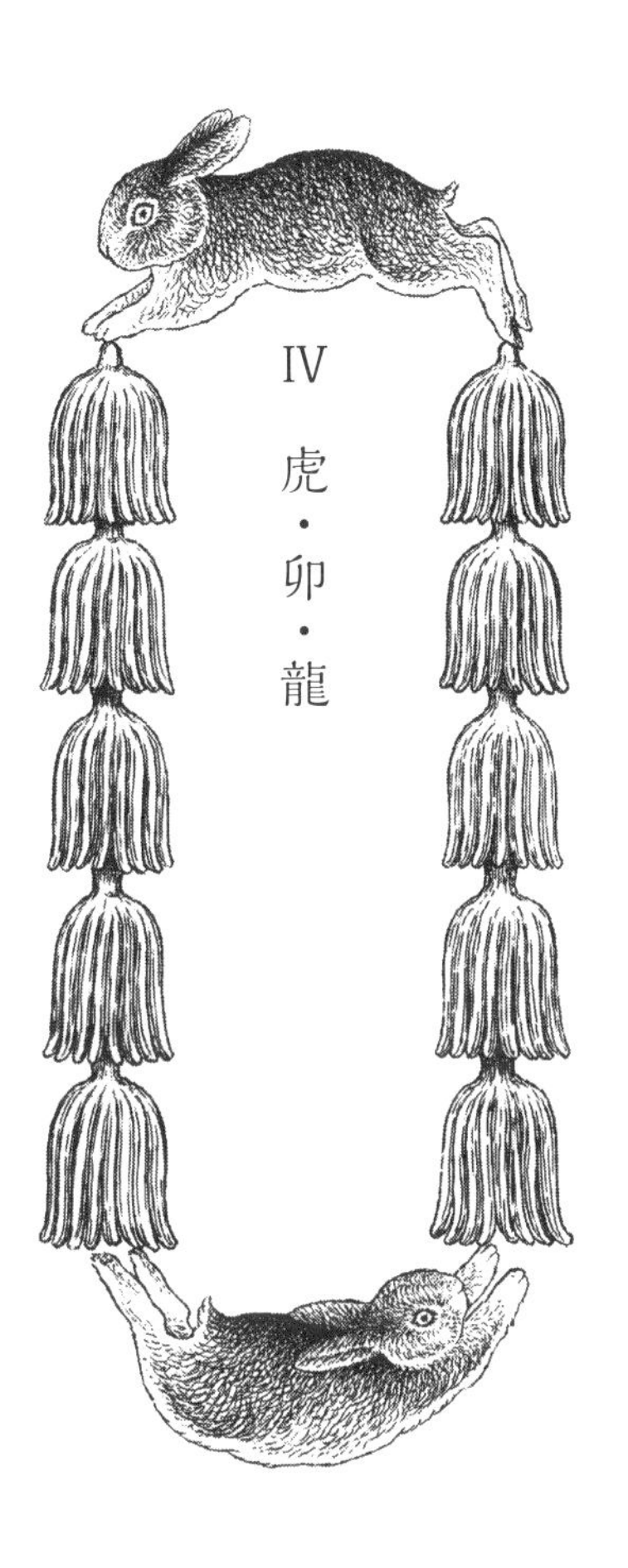

# Ⅳ 虎・卯・龍

町の大通りに一軒（いっけん）の小さな土産物屋（みやげものや）がありました。店先（みせさき）には十二支（じゅうにし）の置物（おきもの）のうち、虎と兎それに龍が売れ残（のこ）って並（なら）んでいました。

「龍さん！　この中で一番強いのはやっぱりこのオレ様だよな」

　と、虎がいいました。

「なにを！　おいらの方が強いに決まってる」

　と、龍がいい返します。虎と龍にはさまれた兎がいいました。

「一番強いなんて意味ないわ。つまるところあたい達（たち）は売れ残（のこ）りなのよ…」

「そうだよなあ。思えばあのノロマな牛さんがまっ先に売れちまうなんて」

　と、虎が思い出しました。

「でも、早く売れてしまえば良いってもんでもないさ。誰（だれ）に買われたか、ってことの方が大切だよ」

「その点、ひつじさんは良いよなあ。品の良い奥さんに買われていって」

「ありゃあ、きっと大金持ちだぞ！」

「それにくらべて、ヘビさんときたら最悪だったよねェ。ヘビみたいなじいさんに買われたんだから…あれこそ類は友を呼ぶっていうのかね」

と、虎と龍が話しあっていると、

「あたいはそのうち、白馬に乗った王子様に買われていくのよ！」

と、兎が口をはさみました。龍が、

「今時、白馬の王子なんてどこにいるんだか」

というと、兎が、

「なによ！　ちゃんといるんだから！」

と、いいあっているところにリボンを付けた娘が友達と店先にやってきました。

「ねェ私たちって辰よね。イヤだわ、どうして辰年なのかしら…ハトの方が平和そうで良いのに…」

「そうよね。それに辰って十二支の中で、唯一現実にはいないのよね」

「そうだ！　うちのお父さん阪神タイガースの大ファンなの。この虎の置物でも…」

　と、いいながらリボンの娘は虎を買いました。このとき、龍はポロリと大粒の涙をこぼしました。それをとなりで見ていた兎は、

「あんた泣いてるの？　ちょっといわれたくらいで…あんたは強い龍なんでしょ？　強いドラゴンなんでしょ？」

　と、元気付けようとしました。しかし龍は、

「おいらよりハトの方が良いなんてあんまりだ。そりゃあおいらだけホントはいないけど…そんな、そんな、そんな!!」

　と、オイオイ泣き出す始末。そこへ今度は、おっとりとしたおばあさんがやってきました。

「おや、ちょうど兎と龍の置物があるよ。年子の孫達に買っていってやろうかしら？　卯のお姉ちゃんと辰の弟に…」

　兎と龍はいっしょに、おばあさんに買われていきました。

# V 音楽の国の使いから

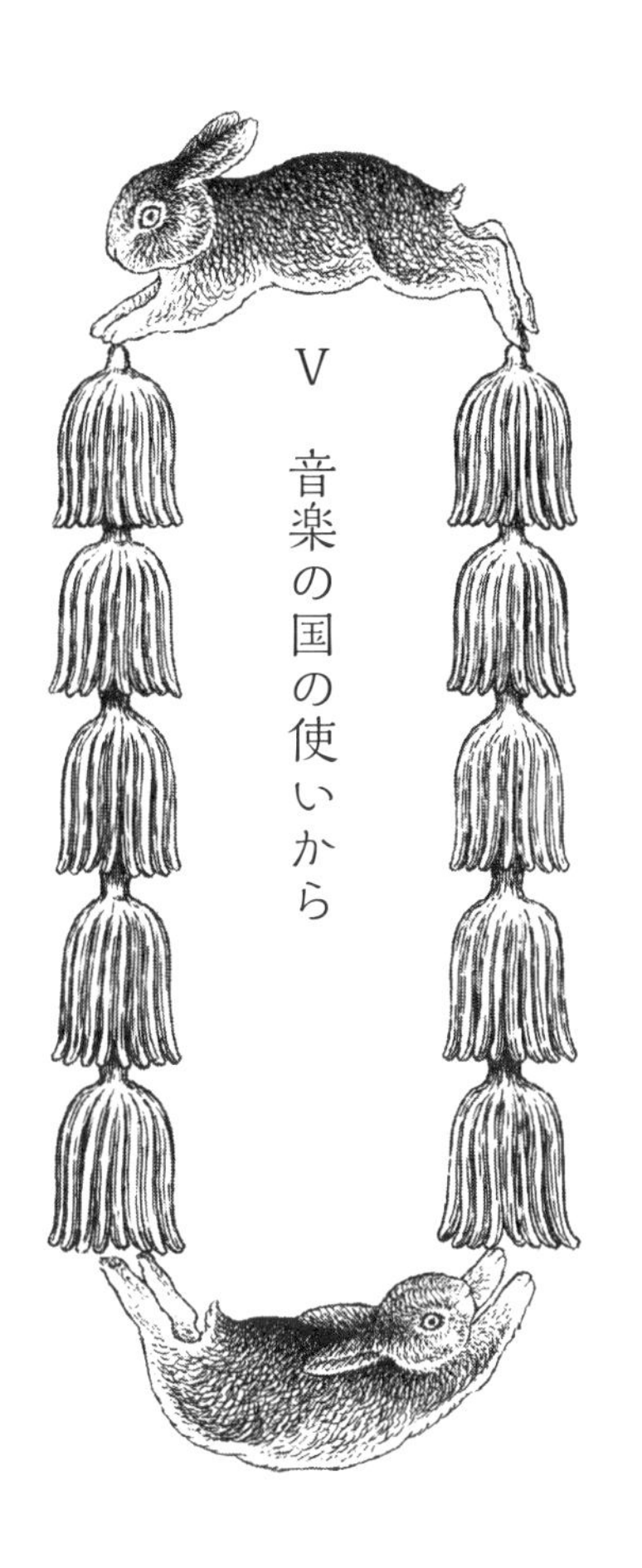

「ピンクのうさぎ！　それじゃあ今度もダメかもしれんな!!」

「そ、そんな…黄色いフクロウ先生、オルガンの発表会は二週間後なんですよ」

「それはわかっておる。お前はいつまで私のところにいるつもりだ！　お前と同(おな)い年(どし)の銀色のクマは上の楽団(がくだん)の第一線で活躍(かつやく)しているというのに…」

「そんなことといったって…」

「だいたい今までに何回の発表会にでたんだ？」

という黄色いフクロウ先生の問いにピンクのうさぎはちょっとためらって、

「一六回です」

とこたえました。

「今回で一七回目か…今まで通り同じことをしていたんでは、また同じ結果になりそうだな」

「そんなあ…どうすればいいんですか？」

「私は今まで、教えられることはすべて教えてきたつもりだ。それでダメとなると…、それじゃあ、現実の世界の人を教えてみるか？」

「おいらが教える？　なにを？」

「決まっているだろう。音楽を教えるんだ！　ちょうど数日前にお母さんからハーモニカを買ってもらった少年がいる。その子に教えるんだ」

「少年って、現実の世界の子ですか？」

「そうだよ」

「ここ、音楽の国の動物は現実の世界の人と話すことすらできないいんじゃないんですか？」

「その通り。現実の世界の人は音楽の国のことはまったく知らないし、現実の世界ではわれわれのすがたを見ることすらできん。だから現実の世界の少年を音楽の国に引き込まなくてはならない。こちらに引き込んでくるには、あの子が眠って夢をみる必要がある。そこでだ、この帽子が役に立つ…」

と、黄色いフクロウ先生はト音記号の模様のとんがり帽子を持ってきました。

「この帽子のとんがった方を現実の世界の寝ている人に向けると、その人が夢をみているかどうかわかるようになっているんだ。夢をみていれば帽子が光る仕組みになっておる。なんでも眠っている人の脳波が〝ステージレム〟になると夢をみていることが多いそうで、それでこの帽子がステージレムを感知したら、光るそうだ。くわしいことは私にもよくわからんがね…つまり、この帽子の先を眠っている少年に向けて帽子が光るのを待って、光りだしたらお前が夢の世界に入り込んで少年を起こして音楽の国に引き込めばいいんだ。夢の世界というのは、現実の世界とここの架け橋みたいなものということになるな」

「それはわかりました。けれど音楽を教えるって…どうやって?」

「そんなことは自分で考えろ!!　それも、まあ、勉強のうちだ…ああ、それからピンクのうさぎ、お前にとって音楽とはなんだ？」

「そっ、それは、きれいでおごそかで荘厳でとっても大切で…おいらのすべてです！」

「それだけか？　それじゃあダメだな」

「それだけって、おいらのすべて、以外になにがあるんですか？」

　とピンクのうさぎはききましたが、黄色いフクロウ先生は行ってしまいました。

　ピンクのうさぎは困ってしまいました。自分に音楽を教えるなんてできるのかしら？　と困り果ててしまいました。とりあえずピンクのうさぎは教えることになった少年を見に行くことにしました。

　少年のところへ行ってみると、ちょうどハーモニカを吹いていました。

現実の世界では、音楽の国の動物はちょうど透明人間のようになるので、少

年はピンクのうさぎが近づいても気付きません。少年の吹くハーモニカの音色は、買ってもらったばかりということもあって、まだへたでつっかえつっかえでした。けれど一所懸命吹いています。ピンクのうさぎは、これならおいらにも教えられるかもしれないぞ、と思ってちょっぴり安心しました。

「だけど、おいらハーモニカを吹いたことはおろか、なんにも知らないぞ!」

と、思いました。

そこで、ピンクのうさぎは音楽の国の国立図書館へ、ハーモニカのことを調べに行きました。図書館にある楽器大辞典の〝ハーモニカ〟のページを開くと、ハーモニカの写真や説明がのっていました。長いアンサンブルハーモニカや小さなシングル、レバーが付いたスライドクロマチックといろいろあります。ピンクのうさぎは、楽器大辞典をながめながら、ハーモニカっていろんなのがあるんだ、と思いました。さっき見てきた少年が吹いていたハーモニカはちっちゃくて穴が一〇ヶあいているテンホールズと呼ばれているものだとわかりました。

「へ～、こんなに小さくてなんだか楽器っていうよりおもちゃって感じだなあ」

　と、ピンクのうさぎは思わずつぶやきました。それからハーモニカを吹くには、楽譜といっしょにタブ譜があると便利なことがわかりました。ピンクのうさぎは、音楽を教えるってどうすればいいんだろうか？　とりあえず今夜は、さっきあの子が練習していた曲をオルガンでいっしょに練習すればいいや、でもあしたは？　と思いました。そこで楽譜の棚のところへ行きました。

「確かあの子が持っていたハーモニカのキーはCだったぞ」

　キーがCの曲の楽譜を一曲選び出してそれをコピーしました。コピーした楽譜の余白にハーモニカ用のタブ譜をふっていきました。

「これで準備はととのったぞ！　それにしてもおいらが先生だなんてちょっとカッコいいなあ！　そうだ…あの子にあったらまずなんていおうかな、最初がかんじんだぞ!!　バカにされちゃあいけないからね」

　と、ピンクのうさぎは、はじめに話しかけるときのセリフを考えました。

「まずは起こさなきゃならないのか、そうだなあ、せき払いでもして『エヘン、エヘン、なあ、起きてくれたまえ！　おいらは音楽の国からやってきた大先生だよ!!　これから君に音楽というものをとくべつに教えてあげよう!!』な〜んてね、すごくカッコいいや、エヘヘヘ…」

ピンクのうさぎは本当は落ちこぼれなのに、このときはえらい先生になったような気分でうすら笑いを浮かべていました。

「おい！　ピンクのうさぎ！　なにをにやけているんだ？」

ピンクのうさぎは、黄色いフクロウ先生がそばにやってきたことにまったく気がつきませんでした。

夜になり、現実の世界の少年は眠りました。ピンクのうさぎは少年のところに行って、黄色いフクロウ先生からもらったとんがり帽子の先を少年の方に向けました。帽子は光りませんでした。少年はまだ夢をみていないようです。ピンクのうさぎはとんがり帽子を持ったまま待ちました。待っているとだんだん胸がドキドキしてきました。

「やっぱりおいらなんかに音楽を教えるなんてできるのかしら？　大先生なんてウソついたってすぐにばれちゃうよな…ああ、どうしよう、なんて話しかけたらいいんだろう？　ここでやめて帰ったら黄色いフクロウ先生におこられるし…」

　どうしよう、どうしようと考えれば考えるほど、ドキドキしてきました。もう頭の中はまっ白…。帽子を持つ手は汗でびっしょり…。胸のドキドキは頭のてっぺんの耳にまで伝わってきました。

　とんがり帽子が光りだしました。ピンクのうさぎは持っていた帽子をかぶりました。まずはせき払いをするんだったと思い出して、わざとせき払いをしようとしたけれど、

「エッヘン、ヴァー、ゴホゴホゴホ…」

　と、本当にむせてしまいました。眠っている少年に、なんて呼びかけたらいいか？　わからなくなってしまいました…。

とにかく少年を起こさなくてはならないと思ったピンクのうさぎはとっさに、

「ねえ、ねえ、ちょっと起きてよ‼」

と、頼むように呼びかけました。すると少年は目を覚ましました。ピンクのうさぎのことを見て、不思議そうにしています。ピンクのうさぎは安心させようと思って、

「そう、ここは夢の中だよ」

と、いってやりました。少年は、

「君はいったい誰なの?」

と、きいてきました。

「おいらのことかい? おいらはピンクのうさぎ。音楽の国からやってきたんだ」

ピンクのうさぎはまだ胸がドキドキしていたので、

「君はこの前、お母さんからハーモニカを買ってもらったね。きのう、君が

練習してるのをちょっと聴いちゃったんだ」

と、さっそく本題に入り、

「おいらにハーモニカを聴かせてよ！」

と、たのんでみました。少年は最初はいやがったけれど吹いてくれました。徐々にピンクのうさぎは落ち着いてきました。ピンクのうさぎは少年を自分のオルガンのところへ連れて行きました。そしてピンクのうさぎのオルガンと、少年のハーモニカで合奏しました。少年は、ピンクのうさぎのオルガンがボロボロなのを見て、

「君のオルガンは何でそんなにボロボロなの？」

と、きいたので、ピンクのうさぎは正直に、落第生だから音楽の国からボロボロなオルガンしか与えられていないとこたえました。そして昼間、ピンクのうさぎが作ったキーがCの曲の楽譜を少年にわたしました。

「……それじゃ、またあした!!」

と言って、この日は終わりにしました。

朝が来ました。ピンクのうさぎは、これじゃあ音楽を教えたっていうより、ただ、いっしょに練習しただけじゃないか、と思いました。今では「大先生だよ！」なんて浮かれてたときのことがなつかしくさえ感じられました。それに「おいらは落第生だ」といってしまったことをすごく後悔しました。そんなことといったら、もう今夜からあの子はおいらをムシしてしまうかもしれない。あ～あ、そうしたらどうしようと心配しました。でも、あれはあれでよかったのかもしれない…と考えなおしました。どだい、おいらには教えるなんて一〇年早かったんだ！　あの子といっしょに練習すればそれでいいじゃないか、と思うようになりました。けれど、わたした楽譜の曲を練習してくれるかどうか心配でした。あとで、あの子のようすを見てこようと思いました。

ピンクのうさぎは今夜の準備にとりかかりました。国立図書館へ行き、きのうと同じように楽譜を用意しました。今度はキーがFの曲を選びました。

楽譜をコピーして、譜面の下にタブ譜を書き込みました。曲のキーがFなので〝移動ド〟をしてタブ譜を書きました。これがなかなか複雑な作業で、はじめのうちはてまどってしまいました。終わりの方に近づくにつれて慣れてきました。

やっとのおもいでタブ譜を書き終えて、一息ついていると黄色いフクロウ先生がやってきました。

「ピンクのうさぎ、どうだった？　現実の世界の少年は？」

「まあまあです」

「まあまあか…それはそうと、発表会の準備は進んでいるのかね？　今回は自分で曲目を選びなさい。練習も自分でやるんだ！」

「え〜、先生！　おいらを見捨てないでください」

「バカもん！　見捨てるなんて、するわけないだろう！　出来の悪い生徒ほどかわいいもんだ！　ただ今回は今までとはちがった方法が必要だと思ったんだ。だから相談したいときには、いつでもきなさい。いいね、わかったね」

「そんなあ」

このあとピンクのうさぎはさっそくオルガンの発表会の練習をしました。

夕方になり、ピンクのうさぎは少年のところへ行きました。少年は学校から帰ってきて自分の部屋でハーモニカを吹いていました。一枚の楽譜とにらめっこをしています。それを見たピンクのうさぎははねるように喜びました。

「あんなに一所懸命練習してるなんて…おいらもがんばらなくちゃ！」

夜になり、少年は手にハーモニカを握りしめ、眠りました。ピンクのうさぎは昨夜と同じようにとんがり帽子を少年の方に向けて帽子が光るのを待ちました。しばらくすると少年の脳波がステージレムになり、帽子が光りだしました。ピンクのうさぎはなんて呼びかけて起こせばいいのか？ また迷っていたけれど、結局、きのうと同じように、

「ねえ、ねえ、ちょっと起きてよ!!」

と呼びかけました。少年は眠い目をこすりながら起き上がりました。ピン

クのうさぎは、夕方に少年がハーモニカの練習をしていたのを見たのだけれど、

「きのうおいらがあげた楽譜でハーモニカの練習をしたかい？」

と、わざときいてみました。

「うん、学校から帰ってからだけど、練習したよ」

「じゃあ、おいらのオルガンにあわせて吹いてみてよ」

きのうと同じようにピンクのうさぎのオルガンと、少年のハーモニカと合わせてこんどはキーがCの曲を練習しました。少年ははじめはうまく吹けないけれど、何回かくり返し合奏するうちに、上手に吹くことができるようになりました。そこで、ピンクのうさぎは昼間作っておいたキーがFの楽譜を少年にわたすと、

「それじゃ、またあした!!」

といってこの日の少年との練習を終わりにしました。

それから朝がきて、ピンクのうさぎは図書館へ行って楽譜を作り、そのあと発表会の練習をしました。そして夜になると少年のところへ行って、いっしょに練習をしました。そんなことをくり返す日々が続きました。ピンクのうさぎは大いそがしでした。オルガンの発表会はもう間近でした。寝る間もおしんで練習しました。

そんなある夜、少年とE♭の曲を練習していたときのことです。ピンクのうさぎは、ハーモニカを吹いている少年を見て、〝ずいぶんこの子は楽しそうにハーモニカを吹いているなあ！〟と思い、なんだかこっちまでそれにつられて楽しくなってきました。そのときです！　ピンクのうさぎは音楽ってこんなに楽しいものだったなんて！　とあらためて感じました。音楽って楽しい！……。

少年との練習を終えたピンクのうさぎはしみじみ考えました。そういえば少年がなかなか眠ってくれないことがあったけれど、あれはおいらと練習す

るのが楽しみでなかなか眠れなかったのかも…？　ここ数日間、ピンクのうさぎは、寝る間も、食べる間もおしんで本当にいそがしく練習していました。けれどあんまりつらくはなかったのです！　それも楽しいから？　と思いました。ピンクのうさぎは黄色いフクロウ先生のところへ行って、

「黄色いフクロウ先生！　音楽ってこんなにも楽しいものだったんですねえ!!」

と、さけぶようにいいました。

「そうか、そのことにやっと気が付いてくれたか？　そうだよ、音楽とは楽しいもんだ。ときには心をなごませてくれる。だからといって楽しまなければならないっていうこともないが、楽しむっていうのはふざけるっていうのとはちがうからね！　楽しいときには楽しまなくちゃな！　お前は今まで発表会で何度も失敗しているあいだに、いつしか音楽を楽しむことを忘れてしまって、音楽をおごそかだとかきれいだとか、何か音楽にたいしてかまえてしまうことが多くなってしまった。それがすべて悪いっていうんじゃないが

…もっと楽しんだ方がいい！　演奏する方が楽しめばそれだけ聴く方も楽しくなるというもんだ。発表会で演奏するときには楽しめれば楽しい方がいいに決まっている。そうはいってもなかなかできることじゃながね…でも今度の発表会はなんとかなりそうじゃないか？」

「はい！」

「それでこそあの少年のところへ教えに行ったかいがあったというものだ」

　数日がすぎて、ピンクのうさぎが図書館でＦ♯の曲の楽譜にタブ譜をふり終わって、発表会の練習をしようと思ったときでした。ピンクのうさぎは今度の発表会でオルガンの腕前を音楽の国のえらい先生に認められたら、その先生のもとで猛練習しなくてはならなくなる。もしもそうなったら、現実の世界の少年といっしょに練習することができなくなってしまう！　あの子と別れなくては…。そう思うと、発表会の練習にみが入らなくなってしまいました。だって、少年との練習は楽しくて楽しくて…。そこでまた、黄色いフ

V　音楽の国の使いから

クロウ先生のところへ行って、そのことを話しました。黄色いフクロウ先生は、

「それは仕方のないことだよ。ところで、お前の最大の目標はなんだったんだ?」

とたずねました。

「それは…、それは音楽の国の大聖堂でパイプオルガンを弾くことです」

「そうだろう。大聖堂のパイプオルガンを弾きたいのなら、まず発表会で私よりもっとえらい大先生に認められることが必要なんだ! 大先生のところで練習しなくちゃ、パイプオルガンなんてありえないんだぞ!」

「それはわかってるけど…」

「今までなんのために練習を積んできたんだ? それにあの子はもうひとりで十分にハーモニカを吹いていける。お前はあの子から音楽の楽しさをあらためて教わったと同時に、あの子に音楽の楽しさを自然に教えたんだよ。もうそれでいいじゃないか?」

ピンクのうさぎは悩んでしまいました。いつまでも少年といっしょに練習することができるわけじゃないということはわかっていたし、大聖堂のパイプオルガンを弾くことは大きな夢でした。

発表会は三日後にせまりました。

次の日の夜、ピンクのうさぎと少年はいつものように練習しました。その夜はF♯の曲でした。ピンクのうさぎは発表会のこと、別れなければならなくなるかもしれないことを少年にいわなければならないと思っていましたが、

「あしたは今まで練習してきた曲を、12曲あると思うけど、それをぜんぶ通しておいらのオルガンと君のハーモニカで演奏してみようよ。だから今日は君にあげる新しい楽譜はないよ！　それじゃ、またあした!!」

といって、そそくさとこの日の練習を終わりにしてしまいました。別れなくちゃならないと思うと悲しくて、つらくて仕方がありません。

…そして、ピンクのうさぎと少年がいっしょに練習できる最後の夜。今までいっしょに練習してきた12曲を合奏しました。ピンクのうさぎはせいいっぱいボロボロのオルガンを弾きました。そして、演奏し終わるとピンクのうさぎは泣きながらあしたの発表会のことやもう会っていっしょに練習することができなくなるかもしれないことを少年に告げました。少年はそれを聞いてびっくりしたような困ったような表情をしました。ピンクのうさぎは、

「もしもおいらがあしたの発表会で音楽の国のえらい先生に認められたら、君にいいものをプレゼントするよ！　約束する!!　それから、君といっしょに練習できてとっても楽しかったよ！　必ずいいものをプレゼントするよ！それじゃ、さようなら!!」

　といって少年と別れました。別れぎわ、少年が、

「ボクはもう君と会えないなんてイヤだ。もっといっしょに練習しようよ!!」

　と叫んでいるのがピンクのうさぎの耳にとどきました。

朝がきました。今日はいよいよオルガンの発表会の日です。ピンクのうさぎは今までに一六回も発表会にでているのだけれど、発表会でオルガンを弾く前にはさすがに緊張して胸がドキドキしてしまいそうになりました。しかし今回の発表会では楽しんで演奏しようと思ったので、今までになくうまくオルガンを弾くことができました。すると、音楽の国の白いコウモリ大先生が、

「私のところで練習してみないか？」

とピンクのうさぎをさそいました。

そうです！　ピンクのうさぎは白いコウモリ大先生にオルガンの腕前を認められたのです!!　これで大聖堂のパイプオルガンに一歩、近づきました。でも、これで現実の世界のあの少年といっしょに練習することができなくなりました。

そして、音楽の国からお金をいくらかもらったピンクのうさぎは、そのお

金であの子が持っていたキーがC以外のD♭やGのハーモニカを音楽の国で買いました。夜になって、少年のところに行きました。今夜は起こしません。眠っている少年の枕元に一一本のハーモニカが入っている箱を置きました。耳と耳のあいだにのせてきたとんがり帽子をいつもの癖で思わず少年の方に向けてしまいました。帽子が光りました。少年は夢をみているみたいです。ピンクのうさぎはちょっと夢の中をのぞいてみました。それは、少年とピンクのうさぎがいかにも楽しそうに合奏している夢でした。少年の夢をみたピンクのうさぎは少し安心したのか、持っていたとんがり帽子を箱の上にのせました。

「とつぜんあらわれて、急にいなくなって本当にごめんよ！　おいら、君のことは決してわすれない。これからも君に負けないようにがんばるよ！　音楽を楽しむよ！　そしていつか、いつかおいらが大聖堂のパイプオルガンを弾けるようになったら、君を音楽の国の大聖堂に招待するよ！　それじゃ、バイバイ！」

と少年を起こさないように枕元（まくらもと）でそっとささやきました。

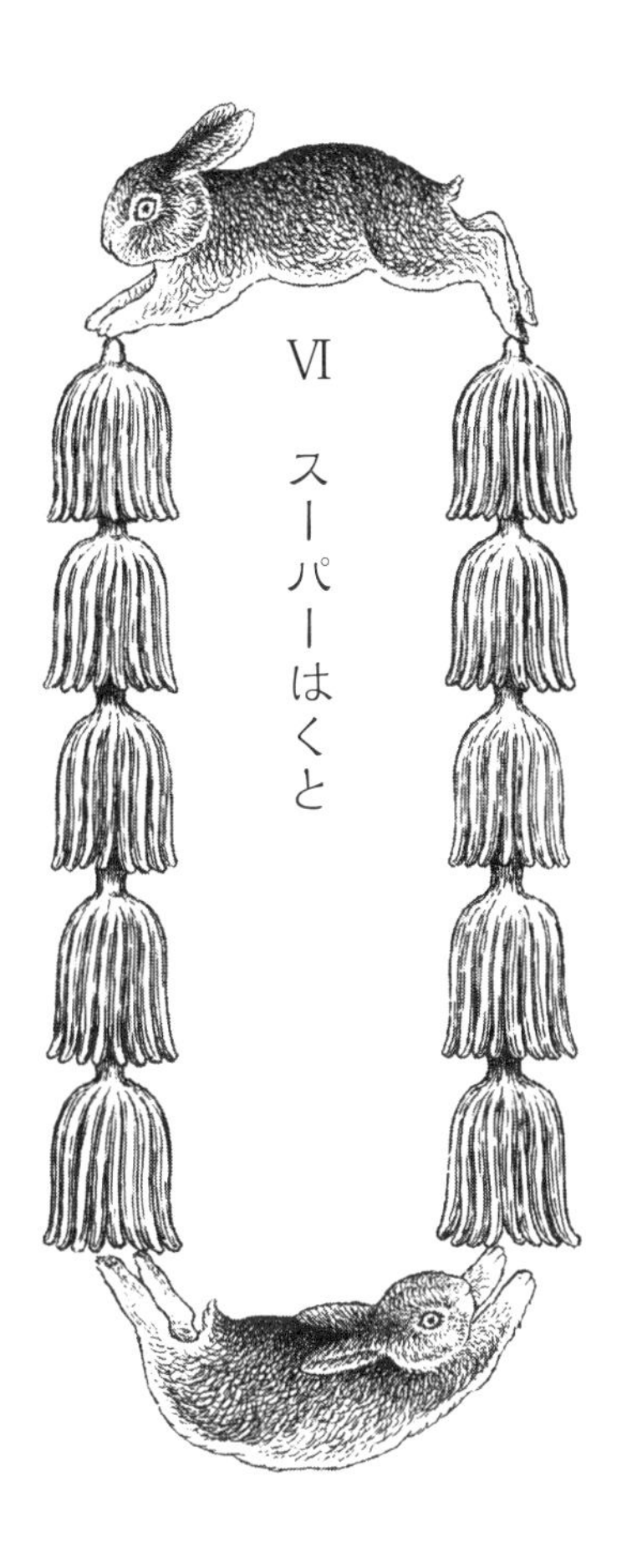

# Ⅵ　スーパーはくと

ご乗車ありがとうございます。この列車は特急スーパーはくと、倉吉行きです。

って、ぼくは〝スーパーはくと〟…京都と鳥取県の倉吉とを結ぶ特急列車だよ。通常は五両で運転してるけど、今日はお客さんがいっぱいだから増二号車を増結して六両なんだ。先頭車両はパノラマカーになっている。一番前の座席、運転席のすぐうしろの全面展望はすごく眺めがいいんだ。先頭車以外の各車両にはモニターがあって全面展望の景色が映し出される。一号車のデッキには自動販売機もあるんだ。自由席や指定席のほかグリーン席もある。伝説「いなばの白兎」にちなんで、ガマの穂シートっていうのも作ってみたら⁇

左から朝日を受けて京都駅を出発！　左手に車庫を見ながらどんどん加

速。まずは神戸まで天下の東海道をいくよ。しばらくは街中を疾走するんだ。少年野球の練習が見えてきた。それにしても今日はいい天気だね！　雲ひとつないや！　今、桂川をわたった。京都を出て、つぎの停車駅は新大阪。この間、停まらず駅をとばしていくんだ。なんといってもぼくは特急列車だからね。京都を出て、つぎの停車駅が新大阪だなんて、これはぼくのあこがれの新幹線とおんなじなんだ。

ここでぼくの家族を紹介するね。ぼくのお父さんは〝寝台特急出雲〟。数年前に引退したんだ。お父さんはねェ、なんと東京駅から島根県の出雲市駅までいっていたんだ。途中、餘部鉄橋をわたっていたんだよ。餘部鉄橋っていうのは、高さが四〇メートル以上もあって横風が強いときはしんちょうにわたっていたんだって。今では餘部鉄橋の代わりに餘部橋梁がかかってる。ぼくも一度餘部橋梁をわたってみたいな。それからぼくのお兄ちゃんは〝サンライズ出雲〟。お父さんとおんなじ東京駅と出雲市駅と

を結んでいるけど、ぼくといっしょで餘部橋梁はわたらないんだ。一二時間も走り続けるんだ。最後に弟の〝スーパーいなば〟。弟は岡山駅と鳥取駅とを結んでる。ぼくとおんなじ、電車じゃなくて汽動車（ディーゼル車）なんだよ。ところでぼく、スーパーはくとの秘密を知ってるかい？　ぼくは振り子列車っていって高速でカーブを曲がれるんだ。山道に強いんだ。車両はＨＯＴ七〇〇〇系っていって、以前グッドデザイン賞をもらったこともある。ＨＯＴ七〇〇〇系のＨは兵庫県、Ｏは岡山県、Ｔは鳥取県に由来するんだけれど、今のぼくはその三県を飛び出して、大阪府や京都府まで足を伸ばしてる。阪急さんの工場が見えてきた。新大阪はもうすぐ…。

さあ！　ここら辺から新快速と並走して競争だ!!　ぼくのほうが早く出発。新快速が追いかけてきた！　向こうは電車。ぼくは汽動車。あっちのほうが加速がいいや！　あっさり追いぬかれちゃったよ。　あっというまに、つぎの大阪駅に到着。ぼく、特急なのに新快速に負けちゃった…けど、ぼくはここから先が長いんだ。姫路をぬけて鳥取県の倉吉までゆかなくちゃならないんだからね！　しっかり気を取り直して、ここ大阪駅では運転手さんが交代するんだ。つぎの停車駅の三ノ宮までノンストップ。尼崎や甲子園口、芦屋、灘なんか一〇以上の駅を通過する。大都会を走りぬけるんだ。三ノ宮を出て神戸ポートタワーをかすかに横目にしながらしばらくいくと、瀬戸内海や須磨公園が見えてきた。左側には、りっぱな明石海峡大橋が見えてきた。青空に吊り橋がよく映えるね！　もうすぐ明石駅だよ。

明石駅に到着。明石を出るとあこがれの新幹線と姫路まで並走するんだ。新幹線はいいよね…かっこよくて、速くて‼　大都会を通りぬけて、だんだん郊外へ出てきたよ。コンテナがいっぱいある。姫路はもうすぐ。

姫路城が右手にちらっと見えた。今日は相生に停車するのを忘れないようにしなくちゃね！　カニカニエキスプレスと待ち合わせがあるんだ。

上りのスーパーはくととすれちがった。

「むこうはどうだい？」

「鳥取は大雪だ！　気をつけろよ！」

鳥取は雪が降ったのか⁉　そういえば京都駅を出発する前に旧国電のおじいさんに、

「今日の鳥取は雪だそうだ…用心しろよ」

って、いわれてたんだ。相生に定刻通り到着。つぎは上郡。そこから先は智頭急行線だ。相生駅を出てから上郡に着くまで二本の貨物列車といきちがったよ。どっちも長いコンテナを引き連れてた。さすがは山陽本線だね。

ここ上郡駅では運転手さんがＪＲ西日本から智頭急行へ交代する。踏切を通って鉄橋をわたると、ずっと高架を走るんだ。新幹線とおんなじさ…けど、単線…。トンネルも多くなる。智頭線内には、なんと四一ものトンネルがあるんだよ。駅を三つとばして佐用駅に到着。佐用駅では弟のスーパーいなばがまっていた。

「スーパーいなばよ！　まったかい？」

「お兄ちゃん、定刻通りだよ」

「元気に走るんだぞ！」

「わかってるよ」

佐用からは京都へ向けて高速バスも運行している。ぼくのライバルさ。ぼくもうかうかしてられないね。

佐用駅を出発するとまた三つ駅をとばして大原駅へ。大原駅のひとつ手前に宮本武蔵駅っていうのがあるんだけれど、そこは剣術家宮本武蔵が生まれたっていう伝承があるんだ。

大原駅には車両基地・車庫があるんだよ。ぼくもよくここで寝泊まりする。ここ、大原駅で智頭急行の運転手さんがふたり乗り込んできた。つぎの智頭駅までいっしょにいくんだね。三人そろって指差し呼称！　大原駅を出発‼　なんだかかっこいいな！

ラジウム温泉で有名なあわくら温泉駅を通過すると、志戸坂トンネルに入った。前に四一ものトンネルがあるっていったけれど志戸坂トンネルが一番長くて五・六キロもあるんだ。しかも、トンネルの向こうは念願の鳥取県！　ずっと、長くて暗いトンネルの中を進むのってドキドキワクワクだ

よ！　あっ、光がみえてきた。トンネルの出口はもうすぐ！　うわ〜一面銀世界。そうだ、鳥取は雪だっていってたっけ！　手前の岡山県は陽がさしてたのに。まさに、トンネルをぬけると雪だった！　だね。雪は少しつもっていて、けっこう降ってる！　まるで墨絵の世界だよ。野生の白兎でもいそうだね。そこにひときわ目立つピンク色のホーム、恋山形駅を通過。つぎの停車駅は智頭。

なんとか智頭駅に定刻通りに到着した。ここには智頭急行の運輸指令室があったり、窓口では切符はもちろん、ぼくスーパーはくとのグッズや智頭急行のほかのグッズを買えたりする。駅前には観光案内所や広場がある。駅前広場で、時々お祭りをやることがあるんだ。智頭駅で智頭急行ともお別れ、こっから先は因美線になる。だから運転手さんも智頭急行からJR西日本に交代。つぎは…、今日は用瀬には停まらず、郡家だね。

郡家駅では因美線から若桜鉄道が分岐している。若桜鉄道はピンク色のSLが走ったことがあるんだ。そういえば除雪車もピンク色だったたな…今日は活躍してるのかなあ？　終点若桜には給水塔や転車台があるんだ。なんといってもここ郡家にはスーパーはくとの名前の由来の白兎神社が三つもあるんだ。むかし、天照大御神が初めてこの地をおとずれたときに、白兎が道案内したんだって。ぼくもある意味、毎日みんなを道案内をしているから勝手に親近感がわいちゃうんだ！　郡家駅から一番近い福本の白兎神社には、狛犬ならぬ狛兎がいるんだよ。それからご当地ゆるキャラのやずぴょんがいる。やずぴょんはうさぎのライダーなんだよ。駅前にはやずぴょんの像があるんだ。それからやずぴょんのテーマソングもある…。うらやましいな！音楽といえば、昔、京急さんでドレミファインバータ搭載の〝唄う電車〟っていうのがあったけど、ボクは三種類の車内メロディーを奏でる。それは、「きなんせ節」と「ふるさと」それに「だいこくさま」なんだ！　昔は、「月の砂漠」もやっていたんだよ。つぎは、鳥取駅！

　鳥取駅に到着。いつのまにか雪はやんでるし、鳥取市内はつもってもいない。雪は山間部だけだった。曇ってはいるけど。鳥取駅は新幹線の駅みたい

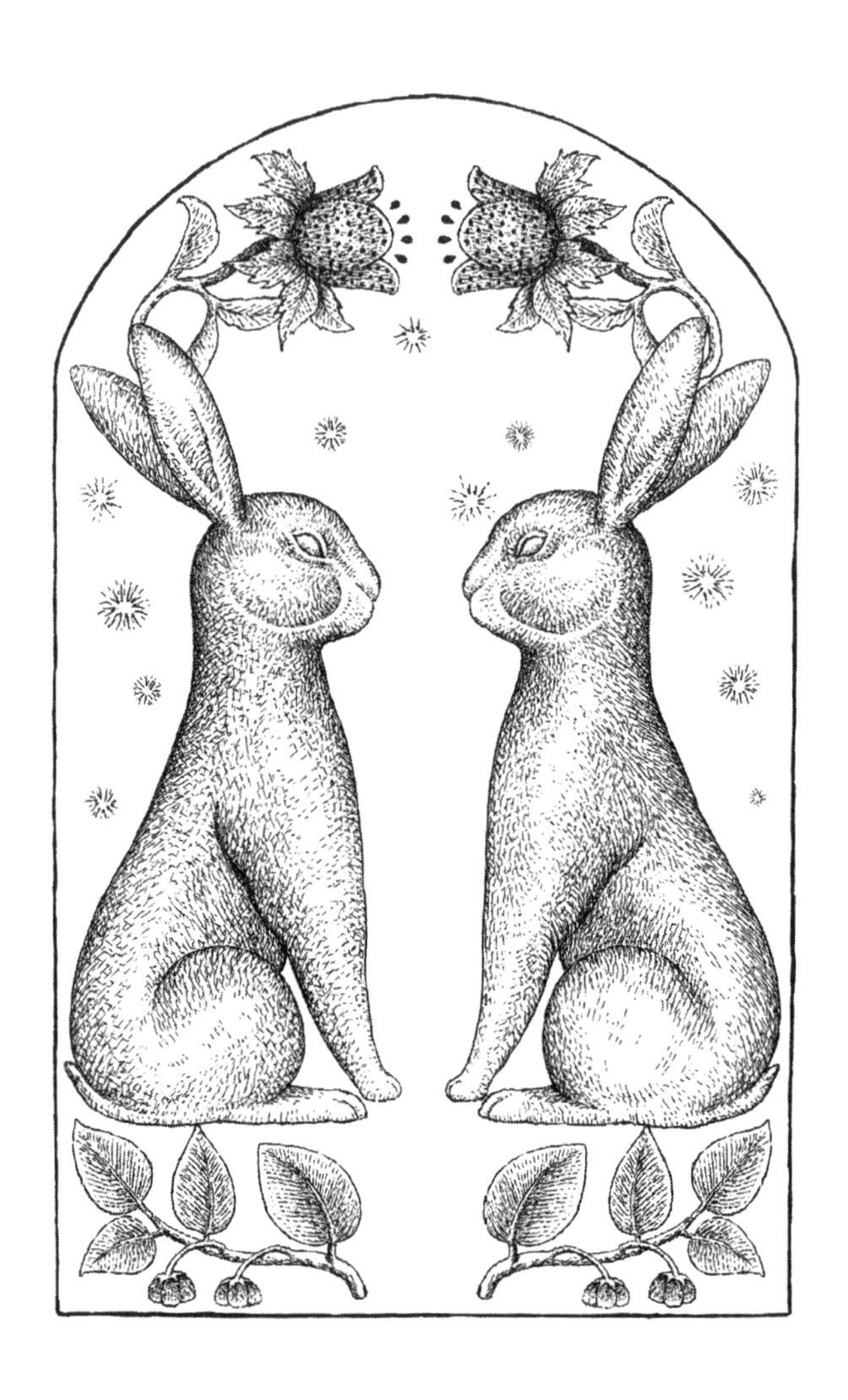

な高架駅なんだよ。そのうちここにも新幹線が乗り入れてくるのかなあ！　その時には、新幹線はくと号！　になるのかな？　エヘヘ…その前に山陰本線や因美線を複線にしなくちゃね！　それから電化もしなきゃ!!　あと、ここ鳥取駅には自動改札も…。駅の周りにはデパートやホテルが建ちならぶ。鳥取砂丘はすぐそこ。

　いよいよ、つぎは、終点倉吉！　鳥取から倉吉までは山陰本線をいくよ。その昔、山陰本線は、お父さんの〝寝台特急出雲〟が走っていた路線。赤いＤＤ五一っていうディーゼル機関車がブルートレインを引っ張っていた。〝寝台特急出雲〟のＤＤ五一は京都の鉄道博物館に展示されている。

　終点の倉吉駅は昔、上井っていってたんだ。その頃の倉吉駅っていうのは、今は廃止になっちゃったけれど、倉吉線の起点駅だった。倉吉線は倉吉からひたすら南下して関金をこえて山守まで結んでいたんだ。だからいまだに、倉吉駅のことを上井って呼ぶ人もいるくらい…。倉吉線は山守から先、姫新線の中国勝山までつなぐ計画もあった。倉吉にいく途中、右手に古事記に出てくる白兎をまつった一番有名で規模が大きい白兎神社があるんだ。郡家の白兎神社とは別にね！　道の駅・神話の里白うさぎが併設されている。そばには白兎海岸もある。鳥取県東部のこの辺は白兎神社だらけなんだよ！

上井じゃなくて倉吉へ向けて出発!!　だいたい三〇分で到着する予定。

さっきまで曇ってたのに、陽が差してきたよ！

まいど、ご乗車ありがとうございました。つぎは、終点倉吉です。…またのご乗車おまちしております。それじゃあね!!!

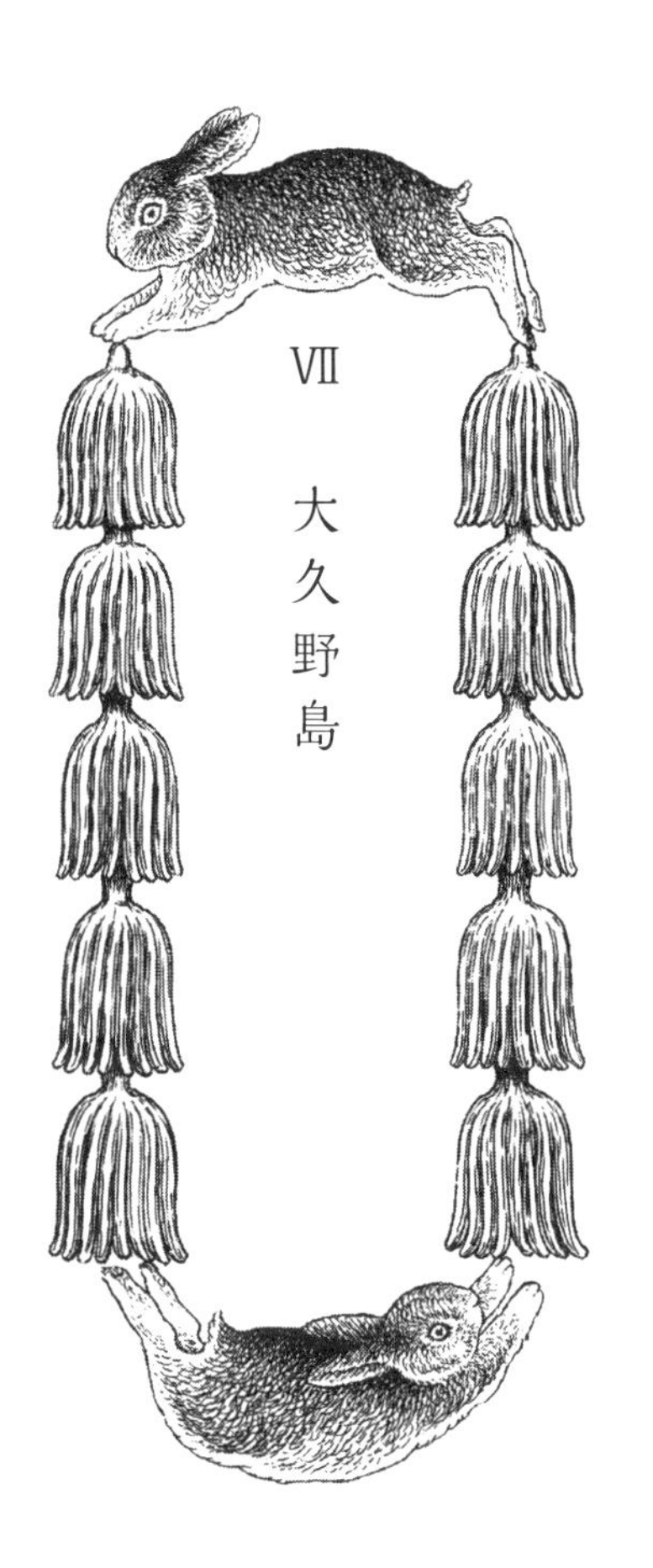

# Ⅶ　大久野島

土曜日、夕刻、三原駅前のビジネスホテルにチェックインする。

明日はいよいよ大久野島だ！　大久野島は広島県の瀬戸内海に浮かぶ小さな島だ。別名うさぎ島。島内には七〇〇羽以上の野生のうさぎが生息する。

明日に備えて、ここ三原のスーパーへ買い出しだ。明日のための買い出しとは、大久野島のうさぎに与えるエサの購入のことだ。にんじん五〜六本、キャベツ半玉、ブロッコリー一株、それに大根は半分に切ったもの、葉っぱつきだ。あとホテルで飲むビールとおつまみ少々。圧倒的にうさぎのエサのほうが金額が高い。それにけっこうな重さだ。それらを携えてホテルに戻る。持参した小さなまな板と鞘付き果物ナイフで買ったばかりの野菜を切る。まずにんじんだが、これは二本ほど二センチくらいの輪切りにする。残りのものは、一本につき、たてに四・五本に切る。これはうさぎが食べやすくする

ためだ。にんじんは意外にかたいので骨の折れる作業となる。切り終わる頃にはナイフを持つ手が痛い。明日、大久野島のうさぎと触れ合うことを考えればすぐに回復する。大根もブロッコリーもたてに切る。大根やブロッコリーはにんじんに比べれば切りやすい。キャベツ半玉は現地の大久野島で葉をちぎってうさぎに与えるので今は手をつけない。これでホテル内での作業は終了。なぜ、ホテル内にナイフとまな板を持ちこんでこんなことをするのか？といえば、以前、地元で野菜を買って、自宅で野菜を切って運んできたことがあるのだが、途中、新幹線の車内にそれを置き忘れたことがあったのだ。それにしてもにんじんや大根、キャベツがたくさん入ったスーパーの袋、しかもにんじんと大根はたてに切って加工してある。これを発見したJRの職員はさぞかし不思議に思ったことだろう。ある意味、不審物であったのかもしれない。

明日は三原駅を六時四五分出発だ。普段よりも早起きしなければならない。夜、なかなか寝付けない。ウトウトしていると目覚ましのベルが鳴った。

サービスのコーヒーを一杯飲んで、ホテルをチェックアウト。うさぎのエサを忘れないように…。

駅前のコンビニで自分の朝食のおにぎりと温かいお茶を買って三原駅へ。ホームに上がると、六時四五分発、呉線広島行きの電車が入線してきた。忠海駅までおおよそ二五分。忠海港からフェリーで大久野島へ。三原駅で乗り込んだお客さんは四〜五人といったところ。さっそく車内でおにぎりを食べた。三原を出て三つ目の駅が忠海だ。

忠海で下車。一緒に降りたのはジャージ姿の高校生？　二人組のみ。忠海駅は無人駅なのでそのまま改札をぬける。高校生たちは港とは違う方向に歩いて行った。部活へ行くのだろうか？　駅から歩いて忠海港に到着。まずは大久野島港への往復の乗船券を自動券売機で購入する。忠海港は早朝ということもあってか？　人はまばらだ。港でうさぎ用のペレットを買った。大久野島には宿泊施設の休暇村・大久野島があり、以前はフロントでうさぎ用ペレットを売っていたが、今は扱っていない。昔、そこでプラスチックの透明

容器に入ったペレットを購入し、それをうさぎに差し出したら、透明容器ごとうさぎに奪われてしまい、買ったばかりのペレットはそこらじゅうに散乱して、空の透明容器を取り戻すのに一苦労した苦い経験がある。忠海港で購入したうさぎ用ペレットの空袋を持ち帰ると同じ所でうさぎのポストカードと交換してくれるという特典がある。

　大久野島行きの小型客船出港まで二〇分ほど時間がある。桟橋から見下ろすと透明度の高い海が見えた。港のベンチに座ってみると、目の前には大久野島がはっきり見える。ちょっと寒いが、今日はいい天気だ。昼間になれば暖かくなるだろう。こうして待っている時間がワクワクでたまらない。

　大久野島行き小型客船ホワイトフリッパー号の出港の時間が近づいてきた。乗船客は休暇村・大久野島の職員と思しき人が三人、二組の家族連れと大きなキャリーバッグをガラガラ引いたおばさんが一人。キャリーバッグの中身はどうやらうさぎのエサでいっぱい…まるで業者さんのようだ。本日

最大のライバル出現か？

なぜ、大久野島への始発に乗船する必要があるのか？　といえば、島に少しでも長く滞在したいという思いもあるが、一番の理由はうさぎは薄明薄暮性で、早朝が活動的でエサの食い付きが良いからである。昼過ぎになるとたくさんの観光客が島に押し寄せ、エサやりをするので午後はうさぎにエサを差し出してもそっぽを向かれてしまう。僕の勝手な印象では、エサやりは午前中のうちが勝負なのだ。

忠海港を出て一五分くらいで大久野島第一桟橋に到着。内海ということもあって船はあまり揺れなかった。下船するのに、家族連れの子供より先に喜び勇んで大久野島に上陸するのは気恥ずかしいので、家族連れを先に行かせた。この時間がじれったい。桟橋のたもとに二、三匹のうさぎがお出迎え。早速、たてに切ったにんじんをあげると、もしゃもしゃやりだした。近くの広場に移動すると、さらに五匹くらいのうさぎたちが駆け寄ってきた。しばらくここでにんじん、大根、キャベツをうさぎに与えた。

次に大久野島の展望台を目指した。舗装された比較的ゆるやかな坂の遊歩道を上って行く。所要時間は三〇分であるが、途中、道のあらゆるところでうさぎが現れる。そうすると僕はうさぎたちにエサをあげる。ときにうさぎは三匹くらいつるんで道端に出てくることがある。そしてエサに我先にありつこうとする。中には、エサを独り占めしようとしてか？　仲間のうさぎをブーッと鼻を鳴らして威嚇するものがいる。このような場合、そんなわがままなやつにはエサをあげないよ！　とさっさとその場を立ち去る。うさぎが追いかけてくることもあるが、振り向くとその場でじっとしてこちらをじっと見ているうさぎもいる。しょんぼりしているのか？　そんな姿を見ると哀愁を感じてしまう。そんなこんなで展望台の手前の広場に着くまでに一時間以上要してしまった。なんといってもエサやりは午前中が命なのだ。それにしても、桟橋からここまで来るのにたくさんのうさぎには出会ったが、人には逢うことがなかった。僕は展望台手前の広場のベンチに腰を据えた。この広場も無人だ。三匹のうさぎが近づいてきた。全身真っ黒なうさぎ二匹と、白と黒のブチのやつが一匹。三匹は僕の足元をうろついたり、ベンチの上にあがったり忙しない。キャベツの葉っぱをもしゃもしゃしだすと、なんと一匹の黒いうさぎは僕の膝の上に乗っかってきた！　このうさぎがまたまつげを長く生やして妙に色っぽい！　これだけエサを与えているのだし、うさぎの方から一方的に膝の上に乗ってきたのだからうさぎの耳や頭、背中などをなでてもよいのでは？　という心持になった。しかし、そういうお店に来てるわけではないのでグッとこらえた。すると、数メートル離れたところでこっちをじっと見ているうさぎに気がついた。うさぎにもいろいろと性格があるようで、ガツガツ積極的で膝の上に乗ってきてしまうあつかましい？うさぎがいる一方で、ちょっと離れた所からじっとこちらの様子をうかがっている遠慮がちで慎重なうさぎもいる。僕は黒いうさぎにキャベツをあげながら、輪切りにしたにんじんを慎重なうさぎに投げ与えた。うまい具合ににんじんはうさぎの目の前に落ちた。にんじんをうさぎがくわえたと同時に、偶然、か～あ！　か～あ！　とカラスの鳴き声が聞こえた。慎重なうさぎは一瞬身をかがめ、にんじんをくわえたまま茂みに隠れた。そういえば、休暇村・大久野島の職員が、うさぎを連れ去るカラスを見たことがあると証言していたのを思い出した。カラスはうさぎを襲うのだ！　三匹のうさぎは相変わらずエサに夢中で僕の周りを右往左往している。彼らは人間がそばにいればカラスは手出しをしてこないことを知っているのかもしれない。

三匹のうさぎと別れを告げて、展望台へ。展望台は三六〇度オーシャンビュー。晴れていい天気だ。多々羅大橋がかすんで見えた。展望台の木製階段の下に二匹のうさぎが寄り添い隠れていた。ここ展望台では特にトビやカラスに狙われやすいのだろうか？　階段の隙間からブロッコリーを差し出すと二匹そろって食べ始めた。うさぎというとにんじんというイメージが強いが、にんじんよりも実はキャベツやブロッコリーの方がうさぎは好きなのでは？　と思う。展望台から下るのは、行きとは別のルート・健脚コースをたどった。健脚コースは丸太組みの急な階段がずっと続いている。ところ

どころ丸太ん棒が雨で流されていた。そんなところでも草むらからうさぎが突然現れる。僕はそんなうさぎにもペレットやキャベツをあげた。そんなこんなで、休暇村・大久野島にたどり着いたのは一〇時をまわっていた。休暇村・大久野島は宿泊施設であるが、日帰り客でも利用できる食堂やカフェ、売店、日帰り温泉もある。

　うさんちゅカフェでご当地バーガーの〝竹原たけのこテリヤキ牛コロッケバーガー〟をテイクアウトする。休暇村の目の前の広場でうさぎと触れ合う。この広場にはとりわけたくさんのうさぎがいる。けれど、ここのうさぎたちは人慣れしすぎているというか、すれているようにも感じる。前にペレットを透明容器ごと奪われた一件を話したが、その事件を引き起こしたうさぎがここの広場のやつである。人間の子供がうさぎを追いかけたり逆にうさぎが子供を追いかけたりしていた。

　しばらくくつろいだ後、大久野島神社へ向かった。鳥居は立派なのだが、お社には規制線が張られていた。ボロボロでいつ崩れてもおかしくない様子

だ。遷宮なり再興なりしないのだろうか？　ここ大久野島は環境省管轄の国定公園だ。戦前戦中はジュネーブ条約違反の毒ガス兵器の製造工場があった場所である。そこの神社なので、そういった問題があるのかもしれない。参拝を済ませ、近くの東屋の椅子に座った。さっきカフェで買ったご当地バーガーを食べる。そこにうさぎが一匹近づいてきた。細長く切ったにんじんを与えて一緒にランチ。衛生上本当はよくないのだろうけれど、たとえそれが原因で病気になって死んだとしても、それはそれで本望だ。僕は、死んだ後はここ大久野島に散骨してもらいたいと考えている。島がだめなら近海でもいい。ここはうさぎの楽園。

　昼食を済ませ、海水浴場の砂浜へ行く。季節外れなので海水浴場は閉鎖されているが、砂浜に降り立つと、砂はさらさらで海水はものすごくきれいだ。それから島を一周することにした。この時間帯になると、島内を行きかう人が多くなる。第二桟橋と休暇村とを往復するシャトルバスにもたくさんのお

客さんが乗っている。ゆっくり歩いて一時間程度で島を一周できるのだが、うさぎと出会うたびにエサを与える。もうこの頃になると業者さんのような観光客がにんじんやらペレットやらをたくさん道端にばらまいて行くので、うさぎたちは食傷気味となる。やはりエサやりは午前中なのである。

島をゆっくりうさぎと触れ合いながら歩いて休暇村に戻る。中の売店に入り、うさんちゅTシャツを買う。そして日帰り温泉へ入る。温泉は貸し切り状態、つまり僕ひとりだ。温泉の窓から外を見降ろす。目の前の広場にはたくさんのうさぎたちがいた。まさにうさぎと裸と裸の付き合いだ、などとバカな考えをめぐらせ、苦笑しながら湯船につかった。風呂から上がり、さっき買ったうさんちゅTシャツを着てみる。厚手の生地で肌触りも良い。温泉を出てカフェで〝うさぎのはなくそソフトクリーム〟をなめる。温泉の後なので冷たくておいしい。

この後、広場でうさぎの写真を撮ったり、休んだり、ゆっくりのんびりした。三原で買ったうさぎのエサはもう完売していた。

休暇村・大久野島へ戻り再び売店へ。ワインや日本酒の酒類、お菓子にうさぎ関連のグッズ、ぬいぐるみやキーホルダー、絵葉書にカレンダー、DVDや写真集も置いてあった。今着ている大久野島オリジナルTシャツやパーカー、靴下なども売られている。僕は今回、お菓子にワイン、うさぎの勾玉のキーホルダー、うさぎのマグネット、レトルトのかきカレーを買った。大荷物となってしまった。

うさぎへのエサやりは思う存分行うことができた！　うさぎと十分触れ合えたし、温泉には浸かったし、お土産もたくさん買った。これから、ここ大久野島を出発すれば終電の新幹線の二本前に乗って自宅に帰ることができる時刻だ。

第二桟橋まで無料シャトルバスに乗る。途中、バスの運転手さんが、

「うさぎは普通、発情期というものがあります。しかし、ここのうさぎさんは毎日たくさんのエサをみなさんからもらえるので、いつも発情期なので

す！　大久野島のうさぎはいつも増え続けています」

と、解説していた。

第二桟橋に着くと桟橋には帰りの観光客の長蛇の列があった。切符は買ってあるが、これではいつ忠海行きの船に乗れるのか？　わからない。だがこの列に並ばなければ船には絶対に乗れない。うさぎと別れを惜しんでいる暇などまったくない。今や大久野島はネットなどで紹介され、世界的に有名な観光スポットになってしまった。定員オーバーで乗り切れず、並んでから三本目のフェリーにやっと乗船した。行きに乗ったホワイトフリッパー号よりもだんぜん大きいフェリーだ。やっと、忠海港に到着した。

港は朝とは大違いで人だかりであった。今朝買ったペレットの空袋でポストカードに交換してもらおうと思ったが、そんな時間的余裕はなさそうだ。

忠海駅に直行した。

大久野島の島影を望みながら、三原行きの電車に揺られた。どんなテーマパークよりも面白いうさぎ島。大久野島のうさぎに今度会えるのはいったい、いつのことだろうか？

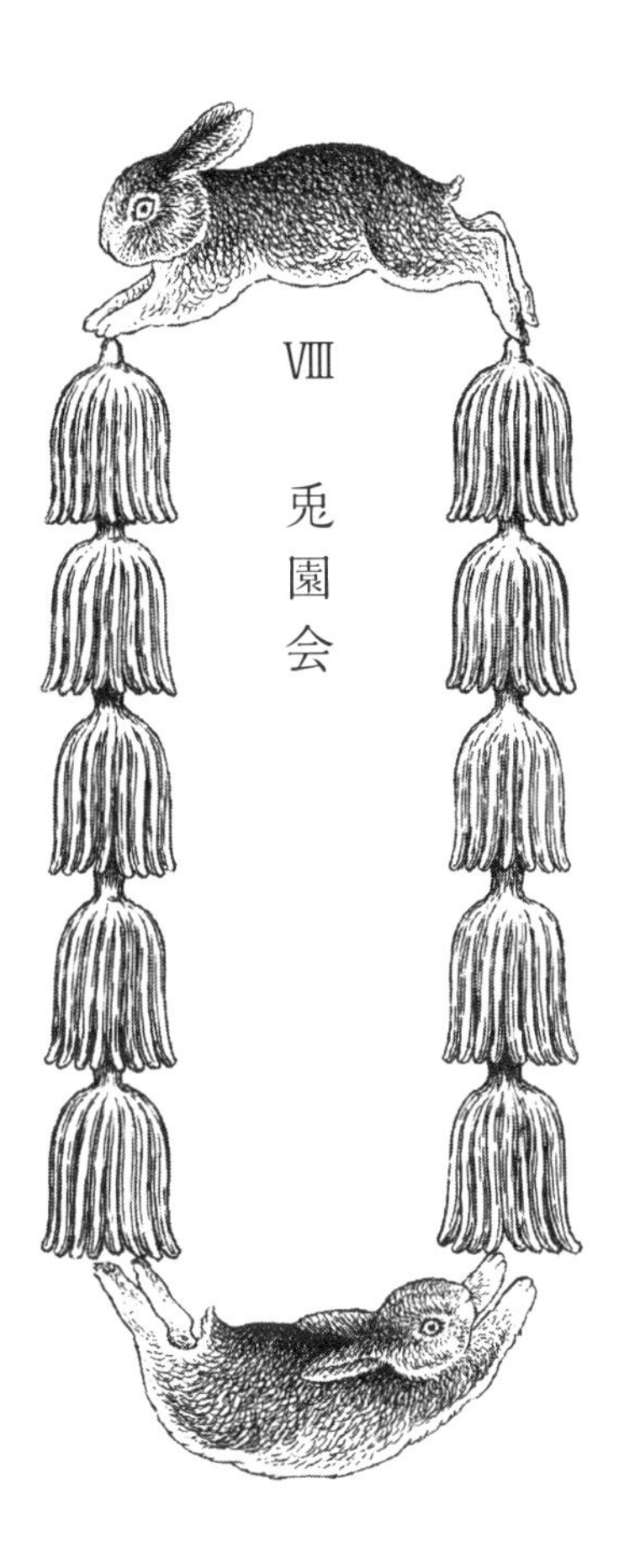

# Ⅷ 兎園会

座長「うさぎにまつわる兎園会を開催いたします。兎園会というのはもともと江戸時代に滝沢馬琴が開いたとされる、奇談や都市伝説の類をもちよって披露しあったものです。本日は、うさぎに関する奇談・都市伝説を披露してもらいます」

A氏「さっそくですが、〝うさぎに水を与えるとうさぎは死んでしまう〟という都市伝説があります。これはまさに都市伝説でして、なぜこのようなことがいわれるようになったのか？　といえば、かつての飼いうさぎのエサといえば牧草や生野菜だったわけです。昔はそれで充分な水分を得られたのです。最近では、うさぎ専用のペレットがあり、それを与えるケースが増えています。うさぎのほうもニンジンよりもペレットを好む個体がい

るので、それはそれで問題ないのですが、ペレットだけでは水分不足となり、別に水を与えなければなりません。先ほども言った通り、昔は生野菜を与えていたのでそれで充分な水分補給ができていました。それとは別に水を与えると過剰な水を摂取することになるので、うさぎが下痢を起こしやすくなり、うさぎにとって危険でした。当然ながら適量の水は兎にとって必要です。水を飲んではいけない、というのは昭和の運動部のようです。昔、部活でよくやっていた〝兎跳び〟も今では、膝に悪いということで禁止されています。これも水を飲んではいけない、と同じようにうさぎにとって大迷惑なはなしです」

座長「昭和の運動部の二大悪習にうさぎが絡んでいるのは、うさぎにとって大迷惑であり、由々しき問題ですね。うさぎにまつわるもうひとつの都市伝説、〝うさぎはさみしくて死んでしまう〟これについてはいかがでしょうか？」

B氏「それについてはわたくしから説明いたしましょう。うさぎはさみしさのあまり、精神に異常をきたして死んでしまう、なんてことはありません。うさぎは常に胃腸を動かしている動物です。なので、身近にエサがないと体調を崩してしまうケースが多いのです。ごはんのない状態、つまり長時間放置されるとうさぎは死んでしまうことがあるのです。これが転じて、〝うさぎはさみしくて死んでしまう〟となったのでしょう」

座長「これもやはり都市伝説でしたか…ところでうさぎの数え方ですが、うさぎはれっきとした哺乳動物であるにもかかわらず、一羽二羽と数えられることがありますが、これについてはいかがですか？」

C氏「そうですね。日本ではかつてうさぎを一羽二羽と数えていました。うさぎは前足をあげていわゆる〝うさたっち〟をします。これを二本足だ、ということで鳥に見立てて日本人はうさぎを食べるために一羽二羽と数え

た、というのが有力な説です。うさぎの肉というのは高たんぱく低脂肪でビタミンB類も豊富なのです。うさぎを食べていたのは日本人だけではなく、イギリスにもうさぎを食べる習慣がありました。『ピーターラビットのおはなし』に出てくるピーターのお父さんのうさぎはマグレガーさんという人に捕まり、うさぎのパイにされてしまいます」

座長「食用のうさぎは実際に家畜として存在しています。フランス料理やスペイン料理にもうさぎを食材としたものがありますね」

B氏「ベネズエラでは国民の平均体重が減ってしまったとき、カロリー確保のために、貧困層に食用として生きたうさぎを配ったことがありました。しかし、多くの国民はうさぎを食べることをせず、ペットとして飼い始めたというのです。なんとも微笑ましいはなしではありませんか！　もちろん食べられたうさぎもいたでしょうが…基本的にうさぎは人から愛される

動物という証拠ではないでしょうか？」

D氏「確か、上野公園に建つ西郷隆盛の銅像は〝うさぎ狩り〟をしている時のものだったと思います」

座長「そうなんですか！　ということは、西郷さんのとなりにいる犬は猟犬ってことですか、ツンとかいう名前の」

B氏「うさぎ狩りだなんて…西郷隆盛のイメージが変わったわ。わたくしは犬を連れて近所を散歩しているのかと思っていた」

座長「うさぎを一羽二羽と数えるところから、西郷さんのはなしになってしまいました。今後、うさぎの数え方はどのようにすればよいとお考えですか？」

C氏「うさぎは哺乳類なのだから、やはり一匹、二匹と数えるのが妥当であると考えます。ただ、歴史的には一羽二羽と数えられたということです」

B氏「全国にはうさぎを神として祀った神社がたくさんあるので、そこではうさぎは神様なのだから、一柱二柱というのがよいのではないでしょうか？　それにインディアンの間ではうさぎの足をお守りとして持つ習慣がありました。うさぎは神聖な生き物なのです」

座長「うさぎに限らず、昔の日本では様々なものが神様でしたから、色々なものを一柱二柱と数えなければなりませんね…では、神様のはなしが出たところで古事記にある〝因幡の素兎〟についてはいかがでしょうか？」

D氏「因幡の素兎に類似した神話・伝説は世界各地にみられます。アフリカの神話には、うさぎが湖を迂回して目的地に行かねばならないときに、因幡の素兎と同様にワニを騙して湖に並ばせて湖をつっきろうとします。しかし、最後にはワニにばれてうさぎは尻尾をワニに食いちぎられてしまいます。だからうさぎの尻尾は丸いのだと…ちなみにこの話に登場するワニは今の本当のワニで、神話〝因幡の素兎〟に出てくるワニはサメ・フカのことです。鳥取県地方の方言でサメのことをワニというのだそうです」

座長「うさぎの尻尾が丸いということに対しての理由付けをしているのですね。うさぎといえばやはり長い耳が特徴的だと思いますが」

A氏「耳が長いのは第一に遠くの音を聴くためです。うさぎは世界中に分布するため、天敵は多く、ライオンやトラはもちろん、キツネやテン、ヤマネコにも襲われます。それからワシやトビ（とんび）、フクロウやカラスにも狙われます。これら天敵の物音をいち早く察知する必要があるため、耳が長いのです。人間には聴きとれない高周波音も聴きとれます。うさぎ

の耳はまさにレーダーなのです。またこれと同じ理由でうさぎの嗅覚は非常に優れているといわれます。鼻をヒクヒクさせるのはこのためです。うさぎの目は顔の側面についていますが、その視界はなんと三四〇度といわれています。うさぎは天敵に狙われたら、逃げるか隠れるかしかない。地上の動物だけではなく、タカやカラスは上空から襲ってきます。なので常にそれらに警戒していなくてはなりません。野生のうさぎでは、眠るときも目を開けています。うさぎの耳の長さはまさに死活問題に直結しています」

C氏「ナキウサギを除いたうさぎは殆ど音をたてません。しかしスタッピングといって、後ろ足で地面をタンッとします。これはあなうさぎでは地中の巣穴にいる仲間に危険を知らせるためだといわれています。が、しかしうさぎの耳が長いのは、仲間同士のコミュニケーションを取るということよりもやはり、遠くの物音を探知して危険からのがれるためだと考えられ

ます」

A氏「うさぎの耳が長くて大きい理由はもうひとつあります。それは体温調整のためです。生物学にはアレンの法則というのがあります。これは同種の恒温動物では寒い地域に住むものほど耳や尾などの突出部が短いという法則です。実際にカナダやグリーンランドに生息しているホッキョクノウサギの耳は小さく、アメリカの砂漠に棲む〝砂漠の暴走族〟の異名を持つジャックラビットの耳はたいへん大きい。うさぎの耳はラジエターの役目もあるのです」

C氏「うさぎは警戒心が強く、平和を好む動物なんですね。弱肉強食の自然界を今まで滅ぼされずに生き抜いてきたことは人間も見習うことがあるのではないでしょうか？」

D氏「そんなうさぎですが、うさぎは昔、ウサギ目ではなくげっ歯目に分類されていたことがありました」

B氏「ネズミなんかと一緒にしていたのですか！」

座長「え〜、奇談・都市伝説から少し離れてしまいましたが、時間も迫ってまいりましたので、はなしたりないこともあろうかと思いますが、この辺で兎園会をお開きにしたいのですが…。本日はうさぎのはなしでたいへん盛り上がったと思います。みなさん、ありがとうございました！」

# IX　千羽兎の作製と有効利用についての考察

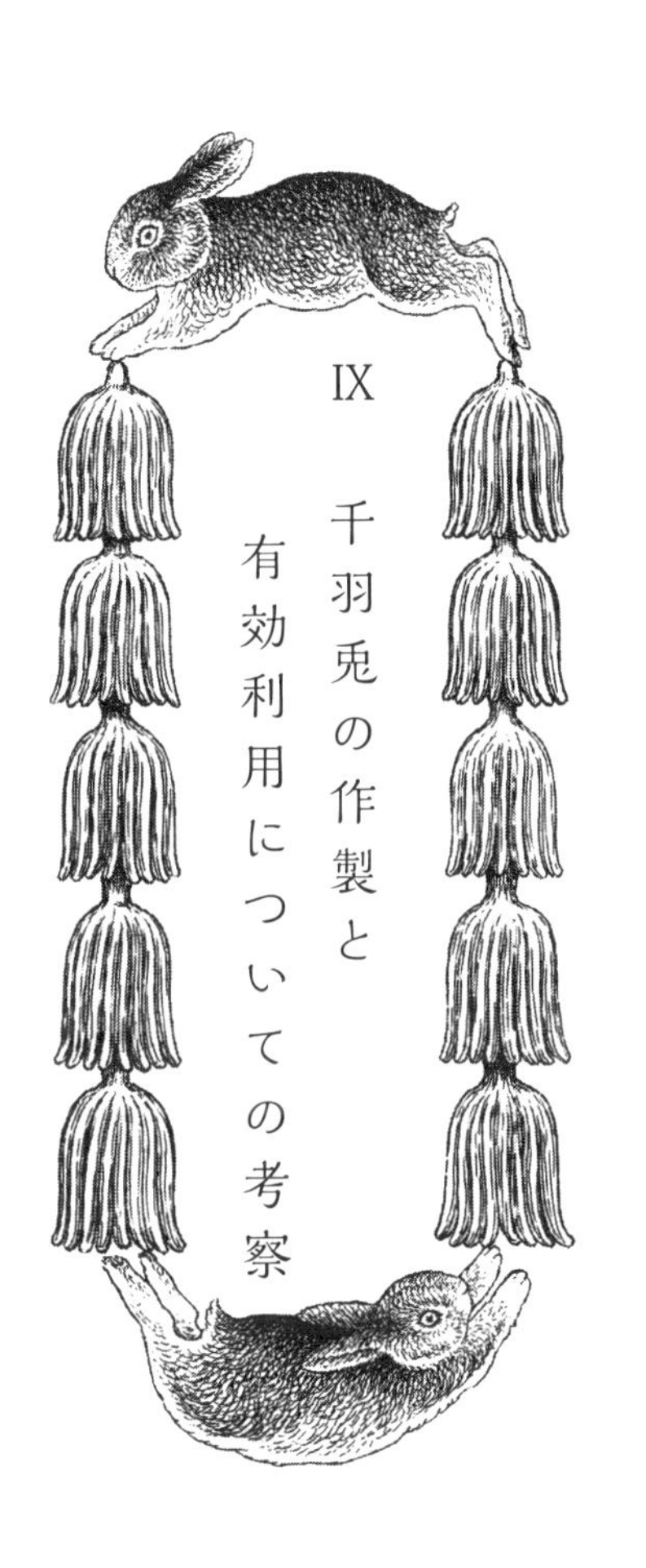

# はじめに

千羽鶴は殆どの日本人が知っていると考えられる。千羽鶴を辞書で引くと〝折り紙でツルの形をたくさん折ってつないだもの〟とある。千羽鶴は病院のお見舞いによくつかわれ、神社などでも見うけられる。高校野球の甲子園のベンチにも時々登場する。

今回、千羽鶴ではなく千羽兎を作製した。兎は鶴に負けないくらい日本人にとってなじみのある動物であり、千羽兎の利用方法について考察した。

## 材料及び作製方法

・折り紙（千枚程度）註
・ボタン、クリップ、ビーズ、ストローなどのいずれか
・針、ハサミ

もちろん、文具店、ホームセンター、ネットなどで売られている千羽鶴キットでも代用可能である。

兎の折り紙は、いわゆる風船兎若しくはゆきうさぎと呼ばれる折り方を採用した。これを千羽程度折り、アクセント（かざり）として立体兎や兎の顔を三～五羽、用意した。千羽鶴を作る要領で千羽兎をまとめた。立体兎や兎の顔は頂点部分に配置した。なお、風船兎は、千羽鶴の折り鶴の羽を広げないのと同じように、風船兎の風船は膨らませないで使用した。

註　千枚にこだわる必要はない

## 利用方法の考察

一．千羽鶴の代用

千羽鶴ではありきたりなので、お見舞いなどに…。兎好きの病人には喜ばれることまちがいなし。

二．出産のお祝い

動物の兎は安産で子だくさん、ということで出産祝いに最適である。

三．兎にまつわる神社への奉納品

鳥取県の白兎神社、さいたま市の調神社、東京都府中市の大國魂神社、広島県竹原市の大久野島神社、大阪市の住吉大社、京都市の岡崎神社、宇治市の宇治神社など、兎が関係する神社には千羽鶴よりも千羽兎のほうがあっていると考えられる。

## まとめ

今回、風船兎を採用したが、他の兎の折り方で試してみる必要性を感じた。これは今後の課題としたい。用途として、縁起物の需要拡大を検討してゆきたい。

## 参考文献

戸部民夫（二〇一三）『神様になった動物たち』大和書房
今橋理子（二〇一三）『兎とかたちの日本文化』東京大学出版会
大江幸久（二〇〇七）『八上　神秘の白兎と天照大神伝承』ブイツーソリューション

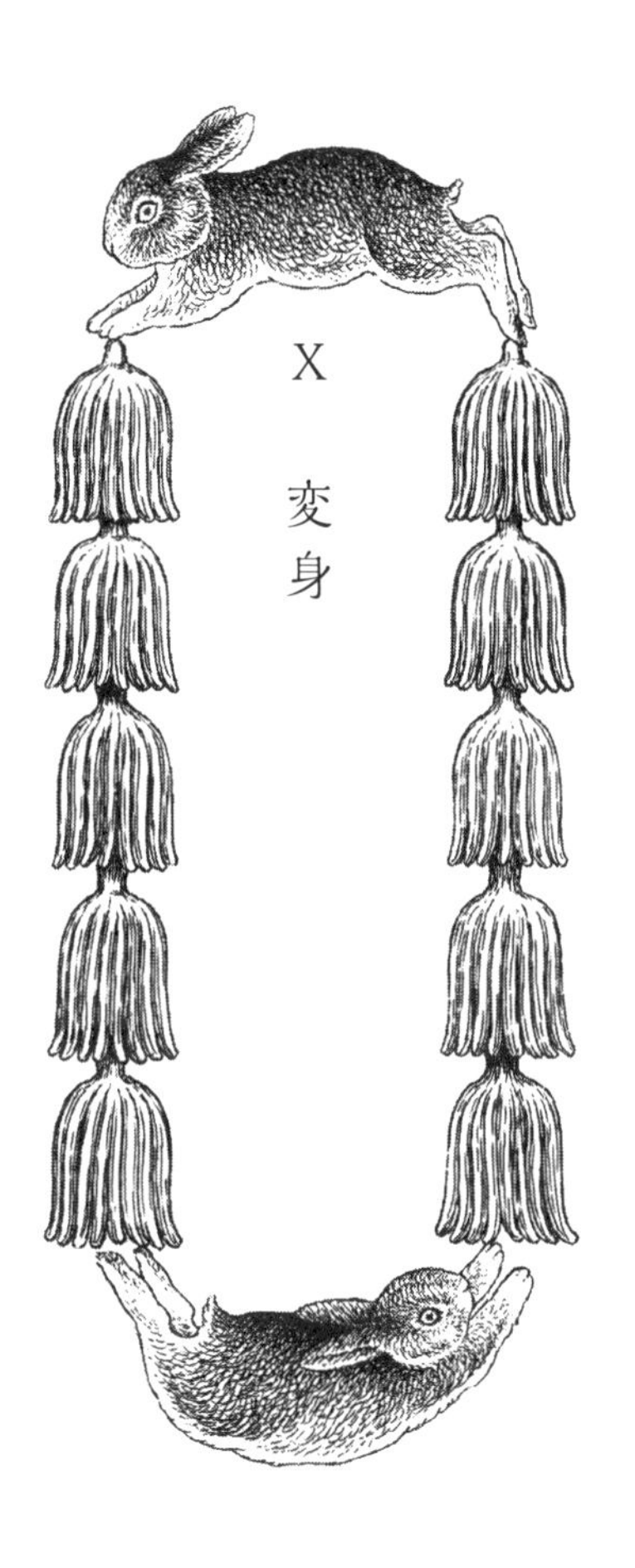

# X 変身

# 第一章

　ある朝、山田由夫は楽しい夢の中から目を覚ますと自分が寝床の中で一匹の兎に変わっているのを発見した。うす茶色のふわふわの毛が全身をおおっている。あおむけに寝ていたので、尻尾がごろごろする。さっきの夢の続きを見ようじゃないか？　そう、楽しい夢の続きを…その夢とは、由夫憧れのアイドルまりちゃんとデートをしている夢だった。まりちゃんに膝枕をしてもらって、二人きりで陽だまりの中お花見をしている。それにしても穏やかな夢だった。あの桜はどこの桜だったのだろうか？　イヤ、いつまでも眠っているわけにもいかない。仕事に行かなくては‼　今日は鬼軍曹と外回りだ！　奴とは同い年だが、鬼軍曹のほうが役職が上だ。由夫は〝ヒラ〟で奴

は〝役付き〟。遅れようものなら、鬼軍曹にどやされるぞ！　由夫は目を覚まし、起き上った。次の瞬間、後ろ足で顎をかいていた。なんだか様子が変だ。由夫は心の中でつぶやいた。やはり兎になっている。鏡の前に立ってみた。そこに写っていたのは兎だ。ぱっと見、兎の中でもかわいい方になるのかな？そんなことより仕事に行かなくては!!　もう七時三〇分をまわっている。ギリギリの時間だ…が、こんな兎の格好では仕事なんか行けない。どうしたものか？　まだ夢を見ているのか？　もうひと眠りしようか？　イヤ、もう眠くなんかない！　由夫はおもむろにノートパソコンのキーボードの上にのっかり、パソコンの電源を入れた。パソコンが立ち上がると、ネットに接続した。〝うさぎ〟と打ち込んで検索をかけた。自分はどうやら、ネザーランドドワーフという種類の兎になっていることが分かった。その他、牧草が健康に良さそうだということが分かった。けれど、牧草なんかどこにある？　この部屋にはろくな食べ物はないぞ！　外に出なければ餓死する！　いや、へたに外に出たら捕まって保健所送りで安楽死かも…。いったいどうすれば？

気晴らしにテレビでも見ようか？　由夫はテレビのリモコンのスイッチを入れた。由夫は気付いた、兎になってもテレビはつけられるし、ネットは使えるのだということを!!　テレビでは朝の情報番組をやっていた。もう仕事へ行くには遅刻の時間だった。兎になってしまったんだ、もう仕事へは行けない。番組では丁度、今朝夢で見ていたまりちゃんが出演していた。番組の中で司会者とまりちゃんが話し合っていた。

「今朝の動物コーナーにはアイドルのまりちゃんがきてくれました。まりちゃんはなんの動物が好きなんですか？」

「あたし、兎が大好きなんですよ～。機会があったら飼いたいなあ、と思ってるんです！」

「兎ですか？　いいですね。今日は兎が出てくるのか？　わかりませんが、まずはこのＶＴＲからどうぞ」

そうだ！　まりちゃんは兎好きだ。確か公式のプロフィールにもそう書いてあった。ん!!　まてよ！　街の公会堂で近々まりちゃんのイベントがあるはず…。由夫は急にそのことを思い出しネットで調べた。明日だ！　明日の夕方から単独ミニライブの予定が入っていた。由夫はそのことを、当日は仕事があるので絶対に行けないと思い込み忘れていた。明日、公会堂に行かなければ！　由夫は思った。自分は兎になったのだ。今の自分は人間ではなく、兎なのだ。兎が昼間の街をうろついていたら、目立ってしまう。犬や猫なら兎も角、外へ出るのは夜まで待とう。それまでの間、由夫はネットで調べものをしたり、テレビを見たり、眠ったりと兎になって初めての休日を楽しんだ。日が暮れて辺りは真っ暗。あの小窓から飛び出そう。あの小窓のカギならば開けられる。あの窓から飛び出したらもうこの部屋には戻っては来れない。山田由夫は消えてなくなる?!　と、そんなことをぼんやり考えた。我に返った由夫は、ここにいつまでもいるわけにはいかない。ここには、今の自分、兎の食べるものは何一つない。ここにいても餓死するだけ…。外といってもまるで知らない世界ではない。公会堂まで行けばいい。とりあえず、その向かいの公園の草むらに隠れていればいい。由夫は暗闇の外へ小窓から飛び出していった。

## 第二章

走るのは兎並みに速かった。人通りの少ないルートをたどって、あっというまに公会堂の向かいの公園にたどりついた。案外、早く順調にここまでこれたな、と由夫は思った。公園には兎一匹が隠れるにはちょうど良い茂みがあった。目の前の雑草を食べてみた。苦かったが、多少は腹の足しになった。そこで夜をあかすことにした。都会の真ん中の公園でまわりは人工的な光で明るかったが、星が瞬いて見えた。こんな星空を眺めるのはいったい、いつ以来だろうか？　と思い出しているうちに眠りについた。

朝、カラスの鳴き声に由夫は目を覚ました。カラスは兎を襲うのだろうか？　由夫は警戒しながらベンチの下に隠れた。そこへ今度は猫があらわれた。明

らかに兎である由夫に気が付いている様子だ。由夫は脱兎のごとく逃げ出した。野良猫に追い回されて結局公園から追い出されてしまった。早朝ということもあり、人影はなかった。裏通りの物陰に隠れた。昨日からずっと何も食べていない。頭がくらくらしてきた。

微かに聞こえる歌声に由夫は起こされた。いつの間にか裏通りの物陰で眠っていたのだ。以前よりも、人間だったころより耳が敏感になったようだ。歌は由夫も知っている曲だった。まりちゃんのシングル曲だ！　まりちゃんが歌っているんだ！　まりちゃんだ！　人目を避けて公会堂へ。もうイベントは始まっているようだ。なんてこった、まりちゃんのイベントを寝過ごすとは！　が、公会堂の周りの人はまばらだった。裏口へまわった。ガードマンがいる。公会堂へ入るには正面口はダメ、裏口もダメ。由夫は公会堂の中へ入れるところを探した。うまい具合に半開きの小窓を見つけた。少しだけよじ登れば兎一匹ならば、中へ入れそうだった。思惑通り、小窓から中へ入ることができた。

これからどうする？　イベント会場へ行ってもすぐに捕まってしまいそうだ。兎に角、隠れるところをやみくもに探した。階段を上り奥へ奥へと当てもなく進んでいくと、〝控室〟と張り紙がしてある部屋を偶然見つけた。物陰に隠れながら様子をうかがっていると、ドアが開いて誰かが出てきた。まりちゃんではない。スタッフか誰かだろう。その人は急いだ様子で、どこかへすぐに行ってしまった。ドアが閉じてしまうギリギリのところで由夫は控室の中へ飛び込んだ。

　部屋の中は机と数脚のパイプ椅子がある、いたって普通の殺風景な事務所だった。誰もいない。ドアが閉まったので、兎である由夫はその部屋に閉じ込められた。ゴミ箱の陰に隠れていると、まりちゃんの話し声が聞こえてきた!!　まりちゃんだ！　マネージャーさんか誰かとしゃべっている風だった。ドキドキしながら待っていると、控室のドアが開いた！　まりちゃんだ！　憧れのまりちゃんが入ってきたのだ！　兎の由夫はまりちゃんの足元にすり寄って行った。

「ん⁉　な〜に！　この兎！　どうしたのかしら？」

まりちゃんはしゃがんだ。由夫はまりちゃんの足首に頬ずりした。そしてまりちゃんは兎の頭をなで始めた。

「な〜に、この子ったらあたしに甘えてるの？」

まりちゃんは兎を抱きかかえた。由夫は夢心地…。そこへまりちゃんのマネージャーさんが入ってきた。

「まりちゃん、どうしたの？　その兎」

「ここにいたの、あたしがここに入ったら、この子がすり寄ってきたの！　お客さんのかなあ？」

「ふ〜む、首輪も何もつけてないね」

「近所で飼ってるのがここに迷い込んだのかなあ！」

まりちゃんに抱きかかえられている由夫はせっかくだから甘えちゃおうということで、まりちゃんの胸元に頭を寄せた。

「な〜に、この子ったら人懐っこいんだから…」

由夫はまりちゃんに抱きかかえられて安心したのか？　眠りに落ちた。

「あらあら！　眠っちゃったの？　あたしこの兎飼う！　ホントの飼い主さんが見つかるまであたしが預かるわ！」

こうしてまりちゃんとの生活が始まった。

## 第三章

由夫が目覚めると、薄暗い部屋の中にいた。そうだ！　まりちゃんの腕の中で眠ってしまったんだ！　ここはいったいどこだろう？　気がつくととなりでまりちゃんが眠っていた。おだやかな寝息をスースーたてながら…。まりちゃん？　ずっとまりちゃんが添い寝してくれていたのかな？　薄暗くてよくわからないが、まりちゃんはすっぴんだ。あこがれのまりちゃんと一晩過ごしただなんて！　と勝手に妄想していると、まりちゃんが、

「う〜ん、よく寝た」

　と、いって起き上った。兎が起きているのを見るなり、

「あら？　起きてたの？　おはよう。ああ！　まったくもう、昨日、あたしの腕の中で眠っちゃてから大変だったのよ！　あんたを引き取るのに公会堂の人から許可もらったりとか、事務所からＯＫもらったりとか…それからあんたを飼うのにペットショップにかけこんで色々買いこんだんだから…まずゲージでしょ、それからおうちにトイレ、すのこに、あんたのごはん…あんた昨日から何も食べてないでしょ？　今からごはんあげるね！」

　といって、まりちゃんはラビットフードを専用のお皿に盛って由夫に差し出した。由夫はラビットフードを試しに一個口にした。なかなかうまい！　兎なのだから当然か？　もう、その後はお皿が空になるまで一気に食べつくした。兎になってから初めてまともな食事にありついた。

「よく食べるわね…でも、今はここまでよ」

　と、まりちゃんは空のお皿に山盛りいっぱいのラビットフードを盛ってく

れた。

「そうだ！　あんたの名前、何にしようか？　ピーターラビットみたいだからピーターってのはどう？　ピーターにしよう。あんたはピーターよ！　ホントの飼い主さんが見つかるまでは…」

まりちゃんはケータイをとりだし、ピーターの写真を撮りだした。こうしてピーターになった由夫とまりちゃんとの共同生活が始まった。しばらくするとまりちゃんはピーターを昨日買ったゲージの中に入れ、

「それじゃいってくるね。仕事が終わったらすぐに帰ってくるからね」

手を振って、外出した。ゲージの中には干し草がいっぱいあって飲み水もあった。干し草を食べてみた。なかなかおいしい！　味覚は完全に兎になったようだ。とりあえず、ここにいれば餓死することはなさそうだ！　食べ物はふんだんにあるし、安全だし。

ピーターになった由夫はここ数日間の出来事を思い返してみた。兎になってからのことを…いきなり兎になって、住みなれたあの部屋を飛び出して、

公会堂でまりちゃんと出会って、今まりちゃんの部屋にいる。そういえば、兎になってから一言もしゃべっていなかったことに気付いた。兎なのだからしゃべることができない…しゃべらなくていいんだ。由夫だったときには、無口で口下手だった。おまけに人みしりの性格だった。

ピーターはゲージの扉を簡単に開けることができた。ピーターはゲージから飛び出し、まりちゃんが使っているパソコンを起動した。まりちゃんのブログを検索。スケジュールをチェック…劇場で公演、その他にもいろいろ仕事があるのかもしれない。いつ帰ってくるのだろうか？　それまでテレビやネットでゆっくりくつろごうか？　ゲージに戻れば干し草をいっぱい食べられるし、水も飲める。やがて辺りは薄暗くなってきた。ピーターはいつの間にかゲージの中ではなく、リビングのソファーの上で眠ってしまった。何時頃だろうか？　ガチャッとドアの音がした。まりちゃんだ！　まりちゃんが帰ってきた！　とっさにピーターは玄関へ走って行った。

『おかえり！　まりちゃん！』

とピーターは心の中で叫んだ。

「あれれ⁉　どうしたのピーター？　お出迎えしてくれたの？」

とまりちゃんはピーターを抱きかかえた。

「うれしい！」

とまりちゃんはピーターに頬ずりした。

「ホントにあんたって人懐っこいっていうか…明日、みんなに紹介するからね。ちゃんとピーターのためにキャリーケース買ってきたんだから…明日は同伴出勤っていうのかしら？　こういうの」

まりちゃんは荷物を玄関に置きっぱなしにして、ピーターを抱きかかえながらリビングに入った。

「変ねえ、ゲージの中に入れたはずなのに…あんた、出てきちゃったの？」

まりちゃんはピーターの目を見つめた。ピーターは少し気まずいと思ったが、まりちゃんに抱きかかえられて見つめられて夢心地であった。まりちゃんはピーターのためにラビットフードをお皿に盛って差し出した。まりちゃ

んはピーターをずっと見つめている。ピーターはどぎまぎしながらラビットフードを食べ始めた。まりちゃんに見つめられながらの食事…。まりちゃんは夕食を済ませてきたようだ。ピーターがたいらげるとまりちゃんは、

「今日はこれでおしまい。あんたってホントによく食べるわね！」

と、空のお皿にラビットフードを半分だけ盛った。

「兎の飼い方の本に書いてあったの、あんまりエサを与えすぎるのはよくないって！」

それからピーターはまりちゃんのとなりに寝そべってまりちゃんになでられたり、一緒にテレビを見たりしてくつろいだ。まりちゃんはメールを打ったり、ブログを更新したり…。

「ピーター、そろそろ寝よっか？　明日は早いし、一緒に出勤よ。昨日は一緒に寝ちゃったけれど、あんたと一緒に寝るのはよくないんだって…本に書いてあった。今日からはゲージで寝てね！」

まりちゃんはピーターをゲージの中に入れた。そしてゲージの扉を閉めた。

「兎がこの扉を開けられるのかなあ！」

まりちゃんはつぶやいた。

「じゃあ！　おやすみなさい。また明日ね」

ピーターはゲージの中で『まりちゃんおやすみなさい』と心の中でひとりごちた。

## 第四章

朝、まりちゃんはおはようといってピーターをゲージから出した。

「今日はお出かけよ」

といって、ピーターのお皿にラビットフードを入れた。まりちゃんはトーストをかじっていた。まりちゃんと一緒（いっしょ）に朝ご飯。ラビットフードを食べ終わったピーターはまりちゃんに見とれていた。すっぴんのまりちゃんってか

わいいな！

「ピーター、朝ご飯終わったの？　なあに、見つめちゃって…まだ、化粧前なんだから恥ずかしいじゃないの！　ちょっとの間ここでおとなしくしててね」


まりちゃんは出かける支度をした。

「ああ！　もう、マネージャーさんが来る時間だ。ピーター、この中に入って！　ほら」


まりちゃんはピーターをキャリーケースの中へ手招きした。ピーターが素直にキャリーケースへ入って大人しくしていると、

「ホントにあんたっておりこうさんで手のかからない子だね！」

満足そうにピーターを見た。すると呼び出しのベルが鳴った。

「マネージャーさんだ!!」


マネージャーさんがまりちゃんを迎えにやってきた。まりちゃんはピーターが入ったキャリーケースを大事に抱えて外へ出た。車に乗り込むとすぐ

に出発した。ピーターのキャリーケースは車の後ろの座席、まりちゃんのとなりにおかれた。まりちゃんは運転しているマネージャーさんとしゃべり始めた。

「まりちゃん、ホントに兎連れてきたんだ。おとといの兎」

「昨日、メンバーに写メ見せたの。そうしたらみんな会いたいって…」

「それにしても不思議な兎だよね！　飼い主さんはまだわからないんでしょ？」

「そうなの、情報ゼロ、だけど、おとといK市で会ったばかりだけど、すごくなついちゃって…まるで昔からの友達みたい！」

　やがて車は目的地に到着した。コンサート会場のようだ。まりちゃんは〝RBT〟というアイドルグループに属していた。まりちゃんはピーターを携え楽屋に入った。

「おはよう、まりちゃん！　昨日いってた兎、連れてきたんだ、見せて、見せて」

と、メンバーのひとり西エリがいった。それにつられてほかのメンバーもまりちゃんの周りに集まった。ゆいたんにりっちゃん、ゆうこちゃんにや〜みんにかっちゃん、けいちゃんの面々。まりちゃんは早速キャリーケースを机の上に置いて扉を開けた。

「ピーター！　出ておいで!!」

と、促した。ピーターはまりちゃんの胸に飛び込んだ。

「ホントにまりちゃんになついてるんだね」

と、ゆいたん。実はピーターはひとり緊張していた。由夫だった頃、若い女性に囲まれるなんて経験はゼロだった。おまけにみんなアイドルだ！　幼かったころはいざ知らず…記憶にある範囲では全くこういうことはなかった。

「ねぇ！　まりちゃん抱かせて！」

と再びゆいたんがいうと、他のメンバーもわたしも、わたしもといいだした。ピーターは〝抱きたきゃあ、抱かせてやるぜ!!〟くらいの勢いでいればいいと思った。まりちゃんはピーターをゆいたんに預けた。ピーターはゆいたんに抱っこされた。ゆいたんの腕の温もり、胸の柔らかさ、もう、いつ死んでもいい！　ピーターは自分の耳をゆいたんにくっつけた。

「人懐っこいね！」

「こらピーター！　浮気は許さないわよ」

　とまりちゃん。ゆいたんはピーターをりっちゃんにわたした。今度はりっちゃんに…。次々、アイドルたちに抱かれるなんて…なんて役得だ。ひとまわりしてまりちゃんのもとへ、

「まったくピーターったら甘えん坊なんだから…」

「ホントに人懐っこい兎だよね…誰かに飼われてたのかなあ？」

　とゆうこちゃん。

「不思議な兎だよね」

「警察にもちゃんと届け出をしたんだけれど、今のところは何の連絡もないんだ」

まりちゃんはピーターを机の上に置いた。ピーターはアイドル達に囲まれたり抱っこされたりで夢心地…。と、そこへどこからともなく音楽が流れてきた。ピーターは自然に体を動かし、ステップを踏み始めた。

「この兎、踊ってるよ」

「ホントだ！　ダンスしてる！」

「これがホントの兎のダンス？」

「ウッハハハハハ…」

「かわいいね！」

「今流れてるの、まりちゃんの曲じゃない？」

「あたしの曲で踊ってくれてるの？　ピーター」

ピーターがまりちゃんのソロ曲でダンスをしていると、メンバーだけでなくスタッフさんやマネージャーさんが集まってきて、ちょっとした人だかりになった。

「ホント、不思議な兎だよね！　ピーターって…」

と、西エリ。

今日の公演をすべて終えて、RBTのメンバーが楽屋に戻ってきた。公演の間、ピーターはずっと楽屋にいた。キャリーケースの中に…。

「今日のお客さんは最高だったよね」

「すごく熱かったね！」

「ただいま！　ピーター！」

と、公演から戻ってきたまりちゃんはさっそくピーターをキャリーケースから取り出した。

「うちのゲージからは出てきちゃうのに？　あんたはやっぱりおりこうさんだね！　ここではおとなしくしていたんだね！」

それからというもの、ピーターはまりちゃんに連れられ仕事場に一緒に行くようになった。

# 第五章

ある日、公演を終えたまりちゃんはピーターと一緒に控室で休んでいると、マネージャーさんが入ってきた。

「まりちゃん、ちょっと来て…ああピーターも一緒に」

まりちゃんはピーターをキャリーケースに入れ、マネージャーさんについていった。別室に入ると男の人が待っていた。マネージャーさんは、

「まりちゃんと兎のピーターを連れてきました…ああ！　まりちゃん、この方はメロディーステーションのディレクターさんだよ」

といった。メロディーステーションとはテレビの音楽番組である。

「やあ、まりちゃん待ていたよ！　そのうわさの兎ってのはそこにいるのかな？」

「どうも、うわさの兎？　ピーターのことですか？」

「まりちゃんの曲で踊るっていう…さっそく見せてもらえないかな？」

まりちゃんはキャリーケースを床においてピーターを外に出した。マネージャーさんが曲をかけた。ピーターはステップを踏みダンスをして見せた。

ディレクターさんは、

「これは見事なものだ！　これがホントのお耳ふりふり兎のダンスだね、今度のＲＢＴの出演のときにその兎、え～っとピーターっていったっけ？　ピーターも一緒に出るようプロデューサーに掛け合ってみるよ」

といいだした。

「ええっ‼　ピーターあんたメロディーステーションに出演するのよ！　あたしたちと一緒に！」

そして、当日。いつものようにマネージャーさんがまりちゃんとピーターを迎えにやってきた。まりちゃんとピーターは車に乗り込んだ。まりちゃんはメロディーステーション出演前にもうひとつ仕事があるので朝早くからの

出勤。最初の現場に向かう途中、まりちゃんとピーターが乗る車と通勤電車が並走する地点にやってきた。ピーターは満員電車のようすをキャリーケースの中からうかがえた。由夫だった頃はいつも満員電車にギューギュー詰めにされたものだった！　と思いだした。今ではキャリーケースの中ではあるけれど、まりちゃんのとなりでゆうゆう出勤だ。

いよいよメロディーステーションに出演だ。今日の段取りはまずＲＢＴのグループとして三曲をメドレーでやって、それからまりちゃんのソロ。この時ピーターも別カメラで踊り、その後司会者からインタビューを受けるというものだった。ピーターはリハーサルでは無難にダンスをこなして見せた。

さあ、本番！　ＲＢＴが三曲をメドレーで披露。この後まりちゃんのソロが始まる…ピーターはまりちゃんと遠い位置にいる。目の前にはたくさんのお客さんやらスタッフさんやら。まりちゃんの曲がかかったが、ピーターは緊張からか？　足をまったく動かせない。それどころか足が震えてきた。一方のまりちゃんは普段通りだった。音楽は容赦なく進んでいく。こうしたピーターの姿を見てお客さんたちがざわめきだした。とっさにピーターはまりちゃんを見た。そうだ！　まりちゃんのまねをすれば…始めはぎこちない動きのピーターだったが、徐々に調子を取り戻した。曲の終りには拍手喝さいが巻き起こっていた。

控室に戻ったピーターは、ほろ苦いデビューとなってしょんぼりしていた。曲の後半はうまくやったが、前半、とくにでだしは緊張して動けなかったから…。まりちゃんが喜び勇んでやってきた。

「ピーター、あんたのことが今、ネットで話題になってるわよ！　急上昇ワードに〝ピーター〟だって、緊張した姿が妙に人間くさくて兎らしくないとか何とか…あたしも初めはどうなるものか？　と思って心配したけれど、最後はうまく踊れてたみたいだし…ごめんね！　いきなりあんな大勢の人の前に出されたら誰だって緊張くらいするわよね！　でも、こういうのをケガの功名っていうのかしら？」

ピーターはなにはともあれ、まりちゃんの役に立ててほっとした。

翌日、まりちゃんは自宅で、

「これから、昨日のメロディーステーションのリベンジよ！」

といって、いつもの曲をかけた。

「さあ！　踊ってピーター、そうそう」

ピーターはまりちゃんにそう言われてステップを踏んだ。

「よし！　これから動画を撮ってSNSにアップするの」

まりちゃんはカメラを回し始めた。ピーターは曲に合わせてリラックスして踊って見せた。調子づいてノリノリになった。その姿を見てまりちゃんは微笑んで、

「あんたってホントに聞き分けのいい素直な兎さんなんだから…」

とつぶやいた。この動画の再生回数はたちまち一〇万回を軽く突破し、話題となった。

こうしてピーターはまりちゃんと一緒に仕事をする機会が増えていった。

# 第六章

　ある日まりちゃんが、

「今度、テレビ番組の企画で〝ラビットホッピング大会〟っていうのをやるんだって！　ピーター、あたしたちもそれに出場するのよ」

　と、ピーターを抱きかかえながらいった。

「その大会はねぇ…簡単に言うと兎の障害物競走。いくつかのハードルを飛び越えるの、それでスタッフさんから借りてきたんだけれど、そのハードルと、これであんたを誘導するんだって」

　とまりちゃんはクリッカーと呼ばれる棒を差し出した。

「これから練習よ！」

　まりちゃんはピーターに、スタッフさんから借りてきたハードルを飛び越えさせるようクリッカーで促した。ピーターは難なくハードルを飛び越えて

見せた。

「あんたってあたしのいうことがわかるの？　ホントに聞き分けがいいっていうか？　なんていうか？」

　まりちゃんはちょっとあきれ顔でそう言った。

　大会当日。まりちゃんとピーターが会場に到着すると、番組のスタッフさんたちが待っていた。まりちゃんとピーターはすぐに別室に通された。まりちゃんはマネージャーさんに呼び出されて部屋を出て行った。打ち合わせだろうか？　ピーターはひとりキャリーケースの中で取り残された。しばらくすると、まりちゃんが戻ってきた。ピーターはキャリーケースから出されると、競技用のハーネスをとりつけられた。そしてまりちゃんの膝の上でしばらく待機。スタッフさんがまりちゃんとピーターを呼びにやってきた。まりちゃんはピーターを抱えてスタッフさんについて行った。まりちゃんとピーターは競技会場へ。会場には一般のお客さんや一般の競技者、一般の兎？でごった返していた。

まりちゃんは会場のみんなに自己紹介し、ピーターのことも紹介した。ピーターは会場の雰囲気にのまれ、まりちゃんにしがみついていた。まりちゃんは司会者に促されて席に着いた。ピーターはまりちゃんの膝の上でおとなしくしていた。すると会場の雰囲気にだんだん慣れていった。

競技はすでに始まっていて、ハーネスをつけた兎が二〇メートルほどのコースに設置された色々な高さのハードルをぴょんぴょん次々と飛び越えてゴールへ向かって行った。兎がハードルを飛び越えるごとに会場からはどよめきが起こった。競技者・飼い主はリードを持ってコースの脇を兎とともに走り抜ける。コース途中のハードルの手前で立ち止まってしまう兎や、なかにはスタートからゴールには向かわず、いきなりあさっての方向に走り出してしまう兎もいた。

いよいよ、ピーターの出番。ピーターはスタートラインに立った。そのすぐ脇にはリードを持ったまりちゃんがスタンバイしている。審判がスタートの合図を出した。ピーターは次々ハードルを飛び越えゴールへ一直線に向かった。なんとまりちゃんを引っ張るような形で…この間会場からどよめきはなかったというより、どよめきが起こる前にピーターはゴールしてしまっていた。二位と大差をつけて、ピーターはぶっちぎりで優勝してしまった。会場も沸いた。まりちゃんも喜んだ。番組スタッフも大会運営者もみんなが盛り上がったと喜んでいた。もちろんピーターもこの結果には大満足であった。

後日、〝ラビットホッピング大会〟の様子がテレビで流された。まりちゃんは自宅のテレビでピーターと一緒にこの番組を見ていた。番組終了後、ネットの反応をまりちゃんは調べてみた。

〝ピーターはやっぱり凄い〟

とか、

〝跳ねる姿のピーターはカッコイイ〟

とかいう良心的なものの反面、

〝ピーターは兎らしくない！〟

〝ぶっちぎりの優勝だなんて、大人げない！〟

といった批判的なコメントが多かった。まりちゃんは、

「大人げないだなんて、ピーターの歳はいくつなのか？　わからないし、ピーターが頑張った結果なのにねぇ！」

とピーターの頭を慰めるようになでた。

「ねぇ、ピーター？　明日一日あたしお休みなの…公演もレッスンもなんにもないの。明日は平日だしお天気もよさそうだし、昼間、近くの公園まで散歩しようか？　今、桜の花は満開だよ！」

## 第七章

翌日、まりちゃんはピーターを連れて公園へ向かった。公園は平日ということもあってがらんとしていた。まず、まりちゃんは公園の中をピーターと

一緒にぶらぶらした。まりちゃんにとってもピーターにとっても久しぶりの休日だった。のんびり、桜を眺めながら散歩を楽しんだ。その日は天気も良くまさに朗らかだった。まりちゃんは満開というより、もう散りかけている桜の木の下のベンチに座った。桜の花びらがはらはらと舞い降りた。ベンチの背もたれにピーターのリードを引っかけた。ピーターは初め、リードが伸びる範囲を無邪気に走りまわった。まりちゃんはその姿を眺めていた。やがてピーターはベンチに座っているまりちゃんの膝の上に乗っかった。まりちゃんは膝の上のピーターの背中をなでた。ピーターは夢心地…。この時、兎に変身した時に見た夢を思い出した。陽だまりの中、桜の木の下でまりちゃんに膝枕をしてもらっている、あの夢だ！　今思えば、あの夢は正夢だったのかもしれない。まさに、

〝願わくば、花のもとにて春死なん、そのきさらぎの望月の頃〟の心境だ。

まりちゃんはピーターの背中をなでながらいいました。

「あら！　もうこの子ったら眠っちゃってる。ホントに人懐っこいんだから…。まるで昔からの恋人みたい、また来ようね！　ふたりきりで…またこの桜の季節に…」

依田正夫

1968 年生まれ。静岡県焼津市在住。

おくれてきたうさぎさんたちのおはなし

発行日　2018 年 7 月 24 日　第 1 刷発行

著者　依田正夫（よだまさお）

イラスト　Naffy

発行者　田辺修三
発行所　東洋出版株式会社
〒 112-0014　東京都文京区関口 1-23-6
電話　03-5261-1004（代）
振替　00110-2-175030
http://www.toyo-shuppan.com/

印刷・製本　日本ハイコム株式会社


ISBN 978-4-8096-7907-0
定価はカバーに表示してあります